A PIRÂMIDE DE LAMA

Obras do autor publicadas pela Editora Record

A caça ao tesouro
O sorriso de Angelica
Uma voz na noite
Um ninho de cobras
A pirâmide de lama

ANDREA CAMILLERI

A PIRÂMIDE DE LAMA

Tradução de
Ivone Benedetti

1ª edição

EDITORA RECORD
RIO DE JANEIRO • SÃO PAULO
2026

CIP-BRASIL. CATALOGAÇÃO NA PUBLICAÇÃO
SINDICATO NACIONAL DOS EDITORES DE LIVROS, RJ

C19p Camilleri, Andrea, 1925-2019
A pirâmide de lama / Andrea Camilleri ; tradução Ivone Benedetti. - 1. ed. - Rio de Janeiro : Record, 2026.

Tradução de: La piramide di fango
Sequência de: Um ninho de cobras
ISBN 978-85-01-92423-0

1. Ficção italiana. I. Benedetti, Ivone. II. Título.

25-100859.0

CDD: 853
CDU: 82-3(450)

Carla Rosa Martins Gonçalves - Bibliotecária - CRB-7/4782

Título original em inglês:
La piramide di fango

Texto revisado segundo o Acordo Ortográfico da Língua Portuguesa de 1990.

Direitos exclusivos de publicação em língua portuguesa somente para o Brasil adquiridos pela
EDITORA RECORD LTDA.
Rua Argentina, 171 – Rio de Janeiro, RJ – 20921-380 – Tel.: (21) 2585-2000, que se reserva a propriedade literária desta tradução.

Impresso no Brasil

ISBN 978-85-01-92423-0

Seja um leitor preferencial Record.
Cadastre-se no site www.record.com.br
e receba informações sobre nossos
lançamentos e nossas promoções.

Atendimento e venda direta ao leitor:
sac@record.com.br

Um

O barulho da trovoada foi tão forte que Montalbano não só acordou de supetão, assustado, como também quase caiu da cama, tão grande foi o pulo que deu.

Fazia mais de uma semana que chovia a dar com pau, sem um minuto de folga. As cataratas estavam abertas e não pareciam ter a intenção de se fechar.

Não chovia só em Vigàta, chovia em toda a Itália. No norte, os deslizamentos e alagamentos tinham provocado estragos incalculáveis, e em algumas cidades os moradores tinham sido evacuados. Mas no sul a coisa não ficava atrás, riachos que pareciam estar mortos fazia séculos ressuscitaram armados com uma espécie de sanha de desforra e irromperam destruindo casas e plantações.

Na noite anterior, o comissário tinha ouvido um cientista dizer na televisão que a Itália toda estava exposta ao risco de um gigantesco desastre geológico porque nunca nenhum governo tinha cuidado seriamente da manutenção do solo.

Em suma, era como se o dono de uma casa nunca tivesse se preocupado em consertar o telhado quebrado ou as rachaduras do alicerce. E depois se admirava e lamentava quando a casa caía em cima da cabeça dele.

— Vai ver que é o fim justo que merecemos — tinha comentado Montalbano com amargura.

Acendeu a luz, olhou o relógio. Seis e cinco. Cedo demais para sair da cama.

Ficou de olhos fechados, ouvindo o barulho do mar. Porque o mar, calmo ou furioso, sempre lhe dava prazer. Ao mesmo tempo, percebeu que tinha parado de chover. Desceu da cama e foi abrir a janela.

Aquela trovoada tinha sido como a bomba estourada no fim do espetáculo de fogos de artifício, querendo dizer que tinha acabado. De fato, não estava caindo água do céu, e as nuvens que vinham do leste eram leves e esbranquiçadas; logo iam tomar o lugar das outras, escuras e pesadas. Foi se deitar de novo, tranquilizado.

Não ia ser dia feio, daqueles que o deixavam de mau humor. Lembrou que, quando acordou, estava sonhando.

Andava por uma galeria na total escuridão, e o lampião que ia levando na mão direita iluminava pouco. Sabia que logo atrás vinha, andando com dificuldade, um homem que ele conhecia, mas não sabia como se chamava.

A certa altura, o homem disse:

— Não consigo acompanhar o teu passo, estou perdendo muito sangue do ferimento.

E ele respondeu:

— Mais devagar não dá, a galeria pode desabar de uma hora para outra.

Depois de um tempinho, a respiração do homem foi ficando cada vez mais ofegante e difícil, ele ouviu um gemido e o barulho de um corpo caindo. Então ele se virou e retornou. O homem estava estendido de barriga para baixo, e, do meio das costas, aparecia o cabo de um facão de cozinha. Ele logo se convenceu de que o coitado estava morto. Naquele exato momento, uma tremenda ventania apagou o lampião e logo depois a galeria desabou com um estrondo de terremoto.

O sonho era uma mistureba provocada pelo excesso de polvo *a strascinasali* que ele tinha comido e uma notícia que tinha ouvido na televisão sobre uma centena de mortos numa mina da China.

Mas o homem com a faca nas costas de onde vinha?

Fez força para lembrar, depois concluiu que a coisa não tinha nenhuma importância.

Devagarinho, foi pegando de novo no sono.

Aí o telefone tocou. Olhou o relógio, tinha dormido só uns dez minutos.

Mau sinal, se ligavam àquela hora da manhã.

Levantou-se e foi atender.

— Alô?

— Birtì?

— Não é ele...

— Está tudo alagado, Birtì!

— Olhe...

— Birtì, na despensa, tinha cem fôrmas de queijo fresco, agora tem dois metros de água!

— Escute...

— Nem vou te contar do depósito, Birtì.

— Caralho! Quer fazer o favor de ouvir? — berrou o comissário feito um lobo.

— Mas não é...

— Não, não é o Birtino! Faz meia hora que estou tentando dizer. É engano!

— Então, se não é o Birtino, com quem é que eu estou falando?

— Com o irmão gêmeo dele!

Bateu o fone e se deitou de novo, xingando. E um instantinho depois o telefone tocou de novo. Pulou da cama rugindo feito um leão, agarrou o fone e, com um vozeirão de louco, disse:

— Vai tomar no cu você, o Birtino e as cem fôrmas de queijo fresco!

Botou no fone no gancho e arrancou a tomada. Mas tinha ficado com tanta raiva, que para passar aquilo só uma boa ducha.

Estava indo para o banheiro quando ouviu uma musiquinha esquisita saindo de algum lugar do quarto.

O que era aquilo? Então percebeu que era o toque do celular, que ele usava raramente. Atendeu.

Era Fazio.

— O que foi? — perguntou com maus modos.

— Desculpe, doutor, tentei ligar no fixo, mas fui atendido por um cara que... deve ter sido engano.

Era Fazio que ele tinha mandado tomar naquele lugar.

— É certeza que foi engano, porque eu desconectei o telefone da tomada.

Disse a mentira com voz autoritária e segura.

— Então. É por isso que estou perturbando o senhor no celular. Temos um morto assassinado.

Engano, hem?

— Onde?

— No distrito de Pizzutello.

Nunca tinha ouvido falar.

— Fica onde?

— Muito complicado, doutor. Mandei aí agorinha o Gallo com a viatura. Eu estou chegando lá. Ah, é bom vir de botas, parece que o lugar é tipo um brejo.

— Tá bom. Até daqui a pouco.

Desligou o celular, conectou de volta a tomada do telefone fixo, e foi o tempo de entrar no banheiro, ele tocou. Se fosse de novo alguém querendo falar com o Birtino, ele ia pedir o endereço para ir lá e atirar em todo mundo. Inclusive nos queijos frescos.

— Dotor, que foi que eu fiz, acordei o senhor? — perguntou Catarella, ansioso.

— Não, faz tempo que estou acordado. Diga.

— Dotor, eu só queria avisar que a viatura do Gallo não quis dar partida e que não tem outros carros de toda a frota em disponibilidade de disposição por causa que estão indisponíveis sendo inamovíveis.

— O que quer dizer isso?

— Que está tudo quebrado.

— E agora?

— E agora que o Fazio me deu ordenação de ir eu mesmo pegar o senhor com o meu carro.

Ai ai ai. Catarella não era exatamente um ás do volante. Mas ele não tinha escolha.

— Mas você sabe onde esse morto está?

— Positivo, dotor. E pra mais segurança, vou levando o GPS também.

Estava pronto para sair, tomando a terceira caneca de café, quando ouviu um baque repentino e violento na porta de entrada. Com o susto, derrubou um pouco de café na jaqueta e outro pouco nas botas de borracha. Xingando, correu para ver o que tinha acontecido.

Abriu e por pouco não trombou com a frente do carro de Catarella.

— Está querendo arrombar a porta e entrar na casa com o carro?

— Peço compressão e perdão, dotor, mas ele escorregou por causa do charque que virou essa rua. Não foi curpa minha, mas da situação materioalógica.

— Engata a marcha a ré e recua um pouquinho, senão não consigo sair.

Catarella obedeceu, o motor meteu bronca, mas o carro não se mexeu nem um milímetro.

— Dotor, acontece que a rua vem descendo e no charque a roda não agarra.

Vai saber por quê, mesmo que aquele não fosse o melhor momento, ele teve vontade de corrigir Catarella.

— Catarè, você está querendo dizer charco, e não charque.

— Como vossenhoria mandar, dotor.

— E agora, o que a gente vai fazer?

— Dotor, se vossenhoria sair pela varanda e eu entrar nela, a gente troca de lugar.

— E no que que isso vai dar?

— Vai dar que vossenhoria pega o volante e eu empurro.

O argumento era convincente. Trocaram de lugar. E, depois de dez minutos de vai não vai, as rodas agarraram. Catarella se encarregou de ir a pé fechar a casa e, quando voltou, trocaram de lugar outra vez e até que enfim partiram.

Um tempinho depois, Catarella falou:

— Dotor, me explica uma coisa?

— Diga.

— Por que é que uma hora se diz charque e outra hora se diz charco?

— Catarè, porque o charco, sendo lama, é sempre lama em todas as línguas do mundo.

Fazia meia hora que o GPS falava e fazia meia hora que Catarella obedecia obsequioso, dizendo sim senhor a cada indicação recebida, quando Montalbano fez uma pergunta:

— Mas a gente não passou agorinha mesmo pelo antigo posto de fronteira de Montelusa Bassa?

— Passou sim, dotor.

— E esse distrito onde fica?

— Mais adiante, doutor.

— Mas se já estamos no território de Montelusa, imagine só se a gente anda mais outro tanto!

— Isso mesmo, doutor, aqui é tudo Montelusa.

— E que merda nós temos a ver com um morto no território de Montelusa? Encosta aí e dá uma parada. Depois liga pro Fazio no celular e passa pra mim.

Catarella obedeceu.

— Fazio, quer me explicar por que precisamos cuidar de um caso que não é de nossa pertinência?

— Quem disse?

— Quem disse o quê?

— Que não é de nossa competência.

— Eu estou dizendo! Se o cadáver foi encontrado no território de Montelusa, pela lógica...

— Mas Pizzutello é no nosso território, doutor! É bem na fronteira com Sicudiana.

Jesus! E os dois estavam exatamente do lado oposto. Aí, na cabeça de Montalbano brilhou uma luz.

— Espere um momento.

Olhou fixo para Catarella, que correspondeu ao olhar um bocadinho cabreiro.

— Me diga para que distrito você estava me levando.

— Rizzutello, dotor.

— Catarè, você sabe a diferença entre um *p* e um *rr*?

— Claro, dotor.

— Então diga como se eles fossem escritos em letra de fôrma.

— A fôrma de letra? Espere que eu vou pensar. Então. O *r* tem barriga e perninha, enquanto que o *p* tem só barriga.

— Muito bem. Mas você confundiu. Está me levando para um lugar que tem perninha, em vez de me levar para um lugar que só tem barriga.

— Então erro meu?

— Erro teu.

Catarella primeiro ficou vermelho como pimentão e logo depois amarelo como cadáver.

— Ô mãezinha santa, que erro o meu! Ô que engano impirdoável! Levei o dotor pro caminho errado!

Estava inconsolável, quase a ponto de chorar. Pôs o rosto entre as mãos. O comissário, para evitar o pior, deu-lhe um empurrãozinho amistoso nas costas.

— Deixa pra lá, Catarè, não fique assim, um minuto a mais, um minuto a menos, não tem importância. Coragem, agora pega o celular e peça para o Fazio explicar direitinho aonde a gente precisa ir.

À direita daquilo que tinha sido uma estrada vicinal, agora reduzida a uma espécie de rio de lama macerada por centenas de marcas de rodas de caminhão, abria-se o enorme espaço de um canteiro de obras transformado num mar de lama. Num dos lados, amontoados, havia imensos tubos de cimento. Dentro de cada um deles cabia um homem em pé.

Também havia um grande guindaste, três caminhões, duas retroescavadeiras, três pás-carregadeiras. Agrupados do outro lado, alguns carros, entre eles o de Fazio e os dois da perícia.

A estrada vicinal, depois daquela praça, voltava a ser uma estrada vicinal normal, formando uma subida. A uns trinta metros se via uma espécie de casa de campo, e um pouco mais adiante, outra.

Fazio veio ao encontro do comissário.

— Que obra é esta?

— Estão construindo uma nova adutora. Por causa do mau tempo, os operários passaram quatro dias sem trabalhar. Mas hoje bem cedinho vieram dois, encarregados de verem como estão as coisas. Foram eles que descobriram o cadáver e me ligaram.

— Você já viu?

— Vi sim.

Montalbano notou que Fazio estava para acrescentar alguma coisa, mas tinha desistido.

— O que foi?

— É melhor vossenhoria ir lá ver.

— Mas onde está esse cadáver?

— Dentro do tubo.

Montalbano se admirou.

— Que tubo?

— Doutor, daqui não dá pra ver. Os carros cobrem a vista. Estão furando o morro para a passagem dos tubos. Três já estão colocados. O cadáver foi encontrado bem no fundo dessa espécie de galeria.

— Vam'lá.

— Doutor, lá dentro está o pessoal da perícia. Não cabem mais de duas pessoas. Mas já estão pra acabar.

— O doutor Pasquano veio?

— Veio sim. Olhou e foi embora.

— Disse o quê?

— Os dois operários descobriram o corpo às seis e quinze. O doutor Pasquano disse que ele tinha morrido uma hora antes. E que era claro que não tinham atirado nele dentro do tubo.

— E aí foi levado para lá pelos assassinos?

Fazio pareceu hesitante.

— Doutor, acho melhor o senhor ver com seus próprios olhos.

— O promotor já chegou?

Todo mundo sabia que o promotor Tommaseo estava sempre batendo o carro em dias de sol e sem trânsito, imagine só com a chuvarada que vinha caindo!

— Chegou sim, mas quem veio foi o promotor Jacono, porque Tommaseo está gripado.

— Escuta, me deixa falar com os dois operários.

— Moçada, dá um pulo aqui! — gritou Fazio para dois homens que estavam fumando ao lado de uma máquina.

Vieram amassando barro, cumprimentaram.

— Bom dia. Sou o comissário Montalbano. A que horas chegaram hoje de manhã?

Os dois se entreolharam. Respondeu o mais velho, de uns cinquenta anos.

— Às seis em ponto.

— Vieram com um carro só?

— Viemos.

— E a primeira coisa que fizeram foi entrar na galeria?

— Na galeria era pra gente entrar por último, mas fomos lá quando vimos a bicicleta.

Montalbano ficou admirado.

— Que bicicleta?

— Uma que estava jogada no chão bem na entrada da galeria. Achamos que alguém tinha ido lá dentro pra se abrigar da chuva...

— Espera um pouco. Como é que alguém pode ter andado de bicicleta em cima de toda essa lama?

— Senhor comissário, existe um tipo de pinguela que a gente construiu, senão não dava pra transitar. Só dá pra ver de perto.

— E aí o que foi que fizeram?

— O que que a gente podia fazer? Entramos com lanternas e bem no fim vimos o cadáver.

— Tocaram nele?

— Não senhor.

— Como perceberam que estava morto?

— Quando alguém está morto, a gente percebe que está morto.

— Conheciam o homem?

— A gente não sabe quem é. Tá de barriga pra baixo.

— Tiveram a impressão de que poderia se tratar de alguém que trabalha aqui?

— Não podemos dizer que sim nem que não.

— Não têm mais nada para dizer?

— Nada. A gente saiu de lá e ligou pra vocês.

— Está bem, obrigado. Podem ir.

Os dois se despediram e caíram fora. Era só o que esperavam para irem embora. Depois, pelos lados dos automóveis estacionados, ocorreu certa movimentação.

— A perícia acabou — disse Fazio.

— Vai lá ouvir se descobriram alguma coisa.

Fazio se afastou. Com o chefe dos peritos Montalbano não iria conversar nem a pau. Antipatizava profundamente com ele, sentimento, aliás, recíproco.

Fazio voltou cinco minutos depois.

— Não encontraram nenhuma cápsula, mas têm certeza de que, quando o homem entrou na galeria, já tinha levado o tiro. Encontraram a marca de uma mão ensanguentada na parede de um dos tubos, como se ele tivesse se apoiado para não cair.

Os carros da perícia partiram. Ficaram o de Fazio e o furgão da funerária.

— Doutor, se apoie em mim, senão, é capaz de escorregar e se sujar todo de lama.

Montalbano não recusou a oferta. Andaram com cuidado, dando passos curtos, e finalmente, depois de passarem os dois carros, o comissário conseguiu enxergar a escavação na base do morro e a entrada da galeria.

— Que comprimento têm os tubos?

— Seis metros cada. A galeria tem dezoito metros, e o cadáver está bem no fim.

À esquerda da entrada, jogada no chão, estava uma bicicleta, meio coberta de lama, que o pessoal da perícia tinha isolado em toda a volta com uma fita amarela apoiada numas estaquinhas.

O comissário parou para olhar. Era um tanto velhusca, bastante usada, e algum dia devia ter sido verde.

— Por que deixou a bicicleta do lado de fora e não entrou pedalando? Espaço ele tinha de sobra — disse Fazio.

— Acho que não foi uma coisa voluntária. Deve ter caído e não teve forças para montar de novo.

— Pegue a minha lanterna e vá na frente — disse Fazio.

Montalbano pegou a lanterna, acendeu e entrou, seguido por Fazio.

Mas, depois de dar dois passos, se virou e saiu de lá correndo, sem fôlego.

— Que foi? — perguntou Fazio, espantado.

Podia dizer que tinha se lembrado do sonho?

— Fiquei com falta de ar. Mas essa galeria é segura?

— Seguríssima.

— Está bem. Vamos entrar — disse, acendendo de novo a lanterna e puxando fundo o ar, como para segurar a respiração.

Dois

Ele não podia fazer nada, sabia que seria daquele jeito, a cena era igualzinha à do sonho, e ele não estava gostando nada da situação. A única diferença era que Fazio, que vinha andando atrás, por sorte não tinha nenhuma faca no meio das costas.

Lá dentro também havia muita lama, bem menos do que lá fora, mas havia. Finalmente, o feixe de luz da lanterna enquadrou o cadáver, e Montalbano ficou pasmo.

Porque o morto, que se achava de bruços e parecia uma estátua de lama, não estava totalmente vestido, só de regata e cueca e descalço.

Tinha sido assassinado com um único tiro acertado no meio das costas. A camiseta, que já não era branca, mas rosada, por causa do sangue diluído no lodo, mostrava, bem nítido, o orifício de entrada do projétil.

— Gostaria de ver o rosto dele — disse o comissário.

— Vamos sair — disse Fazio.

Lá fora, ele foi falar com os encarregados do transporte do cadáver, que estavam jogando cartas dentro do furgão. Eles olharam com cara feia para Montalbano, continuaram a partida mais um tempinho, depois saíram e entraram na galeria.

— Às cinco da madrugada estava chovendo pra cacete — disse Fazio. — Por que uma pessoa vai passear de bicicleta debaixo do aguaceiro, assim na maior, descalço e de cuecas?

— Não estava passeando, estava fugindo — respondeu o comissário. — E provavelmente atiraram nele depois de montado na bicicleta. E isso me faz pensar uma coisa.

— O quê?

— Que alguém mortalmente ferido, debaixo de um temporal, não tinha forças para subir a ladeira de bicicleta.

— Explique melhor.

— Não há muito o que explicar. O homem só pode...

— Pronto! — saiu dizendo da galeria um dos empregados da funerária.

O comissário e Fazio entraram de novo. Os empregados tinham virado o cadáver e limpado o rosto dele.

O corpo era de um belo rapaz de trinta anos, de cabelos pretos, e a boca meio aberta deixava à mostra uma fileira de dentes sadios e brancos. Debaixo do olho esquerdo ele tinha uma cicatriz em forma de meia-lua. A camiseta, na frente, não apresentava nenhum orifício de saída, sinal de que o projétil tinha ficado no corpo.

— Chega — disse o comissário.

Saíram.

— Podemos ensacar? — perguntou um dos empregados da funerária.

— À vontade — disse Fazio.

Montalbano olhou tudo ao redor. Aquela paisagem o deixava desolado, lhe dava um aperto no coração, contrariava. O enorme guindaste lembrava um esqueleto de mamute, os tubos imensos pareciam ossos de algum bicho gigantesco, e também bichos desconhecidos e mortos eram os caminhões deformados pela lama incrustada. Não se via um filamento de capim, o verde tinha sido coberto por um manto semilíquido cinzento-escuro que em tudo lembrava esgoto a céu aberto, sufocando qualquer ser vivo, das formigas às lagartixas. Montalbano se lembrou de um verso de um poema de Eliot, que se chamava, justamente, "A terra desolada" e dizia "aqui, onde os mortos perderam os ossos".

— Mas faz quanto tempo que trabalham nessa adutora?

— Sete anos, doutor.

— E por que todo esse tempo?

— Porque pararam depois de cinco anos por causa dos custos que triplicaram, como sempre.

— E depois retomaram?

— Sim. Saiu uma nova subvenção do governo regional. Mas, nesse meio-tempo, parece que acabou a água.

— Que água?

— A que devia passar por essa nova adutora, quer dizer, a água do Voltano.

— E por que o Voltano não tem mais água?

— Não é que não tenha mais água, é que começou a faltar água suficiente para abastecer essa adutora também.

— Como assim?

— Acontece que, enquanto isso, o Consórcio de Caltanissetta ganhou a concorrência e ficou com a água do Voltano.

— Estão esta adutora é inútil?

— É sim.

— E por que continuam trabalhando?

— Doutor, vossenhoria sabe melhor que eu. Porque os contratos já estão assinados, existem interesses econômicos que precisam ser respeitados, senão a coisa acaba mal.

Mas não era melhor que acabasse mal de uma vez por todas?

A conversa com Fazio foi idêntica à clássica gota d'água que faz o copo transbordar.

— Vambora.

— Mas doutor...

— Não, Fazio, se nós ficarmos aqui, a lama vai acabar chegando ao nosso cérebro. Não aguento isto aqui. Vá dizer ao Catarella que volte sozinho. Você me leva para Marinella.

Pediu para ficar em frente à porta de casa, combinando que se reencontrariam no comissariado no início da tarde.

Fez menção de pegar as chaves no bolso onde sempre estavam, mas não estavam. Procurou nos outros bolsos. Nada. Depois, xingando, concluiu que Catarella, depois de fechar a casa, não lhe devolvera as chaves.

Tocou a campainha, com a esperança de que Adelina ainda estivesse lá. Ninguém atendeu. Tocou de novo, freneticamente, e, com alívio, ouviu a voz da empregada.

— Ih, que pressa! Já vou!

A porta se abriu, Adelina viu Montalbano e falou bem alto.

— Quieto aí!

Montalbano ficou imóvel, abobalhado.

— Que foi?

— Agorinha mesmo eu lavei o chão! Se vossenhoria entrar sujo de barro como está, vou precisar limpar tudo de novo!

— Então, na sua opinião, não é pra entrar?

— Tire as botas, que eu trago o sapato.

Não foi fácil tirar as botas em pé e apoiado à soleira da porta.

— Já vou avisando que também quero tomar banho.

— O banheiro tá um espelho!

— E eu vou lá embaçar, tá bom?

— O que que eu posso fazer? Paciência.

Uma hora depois, banhado e de roupa trocada, depois de deixar Adelina resmungando porque tinha de arrumar o banheiro de novo, pegou o carro e foi para o comissariado.

Estava se sentindo bem melhor, a água do chuveiro tinha levado a lama embora, mas não a sujeira invisível que as palavras de Fazio sobre a construção da adutora tinham posto debaixo de sua pele.

A primeira coisa que notou quando entrou foi que Catarella não estava no seu lugar de telefonista.

— Não apareceu — disse o policial de plantão.

Quer ver que se perdeu no caminho de volta? Teria voltado para casa durante a manhã?

— O doutor Augello e Fazio se encontram in loco?

O policial olhou para ele estranhando. Caramba, tinha esquecido que não estava falando com Catarella.

— Estão aí? — corrigiu-se.

— Sim senhor.

— Diga para irem falar comigo.

Eles apareceram juntos. Cumprimentaram e se sentaram.

— Está sabendo da história do morto? — perguntou o comissário a Augello.

— Fazio me contou tudo.

— E você, tem alguma novidade?

— Hoje de manhã, o senhor não estava, Tano Gambardella telefonou.

— O jornalista?

— Sim.

Gambardella dirigia uma publicação semanal aguerrida que tratava das coisas erradas que aconteciam em Vigàta. Era um homem corajoso que já tinha sofrido dois atentados da máfia. De vez em quando colaborava com a Retelibera, canal de tevê dirigido por Nicolò Zito, grande amigo de Montalbano.

— O que ele queria?

— Não quis dizer.

— Por quê?

— Porque queria falar só com você. Em pessoa pessoalmente, como diz o Catarella.

— Mas você é o meu subordinado imediato! Deveria ter...

— Escute, Salvo, não podia insistir porque entre mim e Gambardella existe uma história antiga.

Montalbano entendeu imediatamente. As histórias com Mimì só podiam acontecer por uma única razão.

— Por acaso se refere à mulher dele?

— Sim. Um mulheraço.

— E tem quanto tempo essa história?

Mimì Augello se mexeu na cadeira.

— Digamos que remonta a três meses atrás.

— Mimì, se você não tomar jeito, um dia ou outro algum marido ciumento te dá um tiro, e eu vou facilitar a fuga dele, pode apostar. O que combinaram?

— Que ele te telefona.

— Então, rapazes, ouçam bem. Como eu tinha começado a apontar para Fazio hoje de manhã, o morto só podia morar nas vizinhanças do canteiro de obras, mais exatamente na parte alta de Pizzutello.

— Por que tem tanta certeza? — perguntou Augello.

— Porque, mortalmente ferido como estava, o homem não ia conseguir pedalar na ladeira e no meio da lama. No máximo, podia fazer a descida, com a bicicleta andando por conta própria. Além disso, existe um detalhe importante. Ele tinha conhecimento de uma espécie de pinguela que os operários construíram no canteiro, mas que não se enxergava por causa da lama. Sinal de que costumava passar por aqueles lados, e é provável que tivesse visto a passarela sendo construída.

— Mas por que se enfiou na galeria?

— Queria se esconder. Achava que quem tinha atirado estava indo atrás dele.

— Não bate — disse Mimì. — Se queria se esconder, devia ter levado a bicicleta também pra dentro da galeria.

— Não conseguiu porque caiu, e acho que não estava em condições de raciocinar com clareza. Talvez nem tivesse força suficiente para erguer a bicicleta da lama.

— Deve ter sido surpreendido enquanto dormia — disse Mimì.

— Exatamente. Depois deve ter acontecido alguma coisa que lhe permitiu montar na bicicleta e fugir. Mas atiraram nas costas, e ele teve forças para se manter montado.

— Convence — disse Fazio.

O telefone tocou. Era Catarella.

— Dotor, quero comunicar que até que enfim consegui voltar in loco.

— Se perdeu?

— Perdi sim, dotor. Fui parar em Trápani.

Montalbano desligou, aliviado. Não ia precisar organizar uma expedição de socorro.

— Então, o que fazemos? — perguntou Mimì.

— Você fica aqui para me substituir com brilhantismo. Eu e Fazio voltamos para Pizzutello.

Depois do canteiro de obras, a primeira casa, que ficava a uns cem metros de distância, era um meio-termo entre casa de campo assobradada e casa rural. Seu construtor não tinha conseguido decidir se fazia uma moradia pretensiosa ou um sítio rústico. Ao lado havia uma garagem com a porta abaixada. A porta da casa dava diretamente para a rua. As janelas estavam fechadas.

Não havia campainha. Fazio bateu várias vezes, mas ninguém veio abrir.

Depois de um tempinho, desistiram e foram para outra casa mais adiante. Era bem grandinha e maltratada, e dos fundos chegava um coro de umas cem galinhas.

A porta estava aberta.

— Dá licença? — perguntou Fazio.

— Entra, entra — disse uma voz de velha.

Entraram e se surpreenderam.

Esperavam entrar numa sala qualquer de uma moradia qualquer, mas perceberam que estavam dentro de um aposento arrumado de um modo que era ao mesmo tempo venda, restaurante e bar.

De fato, três mesas já estavam arrumadas para quem quisesse comer alguma coisa.

Atrás do balcão estava uma velha com expressão simpática, olhos vivos e espertos.

— Desejam um café? Ovos frescos?

Montalbano precisava matar a curiosidade.

— Mas o que é isto? — perguntou.

— É o que vossenhoria está vendo — respondeu ágil a velha. — Aqui vende pão, macarrão, suco, ovo... tudo. Também se faz comida. E dá pra tomar um bom café.

— Mas como é que lá fora não tem placa? — perguntou de novo o comissário.

— Porque eu não tenho licença.

— Mas a senhora fez o pedido? — interveio de repente Fazio com cara séria.

— Não nem me passa pela cabeça! Sabe quanto que eu tenho que pagar de propina pra ter uma por baixo do pano?

— Então isso é exercício de atividade ilegal! — exclamou Fazio.

— Que exercício que nada! — reagiu a velha, levantando a voz. — Exercício, com a idade que eu tenho, não faço mais! Vossenhoria é o quê, fiscal?

— Não, eu sou...

— Então, se não é fiscal, não me encha o saco.

Aí a velha olhou para eles e disse com seus botões:

— Ai, Jesus, é polícia!

E logo depois, com um berro que ensurdeceu Montalbano e Fazio, chamou:

— Pitrineddru!

Não se sabe nem como nem de onde Pitrineddru se materializou.

Era um colosso de quarenta anos, dois metros de altura, com uma cabeleira que praticamente partia das sobrancelhas, bíceps de oitenta centímetros de circunferência, mão do tamanho de uma pá.

— Que foi, mãe?

— Pitrineddru, coração do meu coração, esses dois polícia tão dizendo que nós semos ilegal e é até capaz de mandar nós fechar o negócio.

Pitrineddru olhou feio para os dois e puxou a respiração como um touro antes de chifrar.

Com o rabo do olho, Montalbano viu que a mão direita de Fazio estava se enfiando por debaixo do paletó para pegar o revólver. Pitrineddru se virou ameaçador. A coisa estava perigosa. Com calma e a voz baixa, Montalbano disse:

— Vamos fazer um trato.

— Que trato? — perguntou a velha, que tinha bom ouvido.

— Eu não faço trato com tira! — disse Pitrineddru, invocado.

— Cala a boca e pica a mula — ordenou a velha.

Num piscar de olhos, Pitrineddru se desmaterializou.

— Vão querer esse café ou não?

— Tudo bem.

— Então se sentem.

Montalbano e Fazio se acomodaram junto a uma das mesas arrumadas. Entrou um sujeito pedindo dez ovos, um pão redondo e um quilo de macarrão. Depois a velha levou o café e se sentou com eles.

— Vamo ver que trato é esse.

— Primeiro me diga como percebeu que a gente é da polícia.

— Porque polícia, mas polícia de verdade mesmo, traz escrito na testa. Mas e aí, esse trato?

— A gente não denuncia a senhora para o fisco e, em troca, a senhora dá umas informações.

A resposta da velha foi imediata.

— Me parte o coração, mas dedo-duro eu não sou.

— Não se trata de dedurar. Quero só perguntar se uma pessoa mora por estes lados.

— Tão atrás dele?

— Não é procurado.

— Como se chama?

— Não sabemos. Tem uns trinta anos, cabelo preto, quase um metro e setenta e cinco de altura, com uma cicatriz em forma de meia-lua debaixo...

— Giugiù Nicotra — interrompeu a velha.

— Sabe onde mora?

— Claro que sei! Aqui do lado!

— Nessa casa de campo?

— Sim senhor.

— Solteiro?

— Não, casado.

— Batemos, mas ninguém abriu.

— É capaz que a putona não pôde abrir porque está ocupada trepando com alguém.

— Está falando da mulher de Nicotra?

— E de quem mais nós estamos falando? É uma alemoa de vinte e cinco anos, chamada Inghi, que vem sempre fazer compra aqui, de bicicleta, toda embonecada, com uma calça tão justa que parece que foi pintada em cima da bunda... Quando o marido não tá ela costuma receber homem em casa. E também tenho certeza que dá comida pros amantes.

— Por quê?

— Porque quando vem sempre faz despesa grande, como se tivesse quatro em casa, vai ver, é só dois.

— Eles não têm filhos?

— Têm não.

— Ele trabalha?

— Trabalha. É contador.

— Onde?

— Não sei.

— Mas como a senhora sabe com certeza que ela recebe homens?

— Porque essa rua que vem de Vigàta sai naquela que vai pra Sicudiana. Por isso, os carros que vêm de Sicudiana passam aqui pela frente. E eu vejo que uns carros param ali na casa e, depois de umas duas horas, vão embora. Que tremenda puta que ela é! Imagina só que ela tentou fazer umas coisas com o santinho do meu Pitrineddru...

— Por acaso tem o número do telefone lá da casa?

— Tenho sim. Vou dizer.

Fazio anotou.

— Sabe onde ela tinha o costume de guardar a bicicleta?

— Encostada no muro, do lado da porta de entrada.

— Hoje de manhã, lá pelas cinco ouviu algum barulho estranho?

— Que barulho?

— Um tiro, por exemplo.

— Meu senhor, hoje de manhã estava trovoando feito um bombardeio! Nem tiro de canhão dava pra ouvir!

Fazio e Montalbano se entreolharam. Não tinham outras perguntas para fazer.

Levantaram-se.

— Trato é trato! — disse a velha.

— Pra nós também — disse Montalbano.

Saíram e subiram no carro.

— Vamos tentar de novo lá na casa? —propôs Fazio.

— Vamos.

E dessa vez também, lá na casa, ninguém atendeu.

— Não sei por quê, mas essa história não me convence.

Fazio se dirigiu para a garagem.

— Aonde vai?

— Quero ver se tem carro.

Desapareceu atrás da garagem, depois reapareceu.

— Tem uma janelinha para entrar ar. A garagem está vazia. Pode ser que a dona tenha ido passear com ele.

— E você acha isso simples assim?

— E o que devo achar?

— Você não está se fazendo a pergunta principal.

— Que seria?

— Enquanto atiravam no marido, ela estava onde?

Fazio ficou calado e pensativo. Montalbano ficou olhando a fachada da casa, que àquela hora deveria receber o sol em cheio. Mas o sol não aparecia, estava coberto por uma nuvem escura e pesada. Montalbano foi para os fundos da casa. Fazio foi atrás. Ali já parecia noite.

Três

Erguendo os olhos, Montalbano logo notou que, pelas ripas da veneziana de uma janela fechada do andar de cima, passava luz. Fazio também viu.

— Pela estrita lógica arquitetônica, ali deve ser um quarto — disse o comissário.

— E a luz decerto deve ter ficado acesa desde ontem à noite — reforçou Fazio.

Então pintou uma ideia na cabeça de Montalbano, e ele voltou para a frente da casa.

— Vamos fazer a última tentativa — disse a Fazio. — Pega o celular e liga pro número que a velha deu.

O comissário se aproximou da porta e encostou o ouvido. Tudo em volta era silêncio total.

Por mais que se esforçasse, não ouviu nenhum toque distante. Será possível que não tinham nenhum telefone no térreo? Ou que a linha tivesse sido cortada?

— Mas você ligou?

— Certamente.

— E como é que eu não estou ouvindo o telefone tocar?

— Faz favor, me deixa tentar — disse Fazio, assumindo o lugar do comissário.

Ficou atento um tempinho e depois disse:

— Tá tocando, longe, mas tá.

— E como é que eu não ouvi?

Fazio olhou para ele, mas preferiu não responder.

E Montalbano se arrependeu imediatamente da pergunta.

Não havia dúvida, envelhecendo, além de deixar de enxergar bem, ele também estava ficando meio surdo. Mãe de Deus! Sair por aí de óculos fundo de garrafa ainda dava pra aguentar, mas de aparelho no ouvido não dava de jeito nenhum. Nessas alturas era melhor ir para um asilo de velhos, como o doutor Pasquano tanto lhe sugeria, só pra lhe fazer raiva.

— Devo estar com cera no ouvido.

— Certamente — disse Fazio com os olhos no céu, acompanhando o voo desatinado de um morcego.

Será que ele conhecia só aquele advérbio?

— Vamos voltar para o comissariado — disse, brusco.

— Que está pensando em fazer? — perguntou Fazio enquanto ligava o carro, percebendo que o comissário tinha sido tomado por um acesso de mau humor e era melhor distraí-lo.

— Agora já está muito tarde, mas amanhã de manhã vou falar com o promotor Jacono, pedir autorização para entrar nessa casa.

— E ele vai dar?

— Jacono não é de criar caso.

— O que acha que vai encontrar ali?

— Se quer saber mesmo, tenho um mau pressentimento. Acho que vou encontrar uma mulher morta.

— E eu temo que vossenhoria tenha razão — disse Fazio.

— Mas, na sua opinião, como aconteceu a coisa?

— Não gosto de falar à toa.

— Só pra passar o tempo…

— As hipóteses são várias. Mas uma coisa é certa como ponto de partida: Giugiù Nicotra e talvez também a mulher foram surpreendidos enquanto dormiam. Não se trata de ladrão, estou convencido disso.

— Por quê?

— Ladrão não atira nas costas do roubado que está fugindo. Seja como for, obrigaram os dois a se levantar do jeito que estavam e ir para o andar de baixo.

— Por quê? — perguntou Fazio novamente.

— Porque, se tivessem ficado no andar de cima, Nicotra não teria aproveitado a oportunidade de fugir. Não teriam lhe dado tempo nem para descer.

— É verdade.

— Chegando lá embaixo, procuraram alguma coisa ou queriam alguma coisa que o casal tinha.

— Por que diz isso?

— Fazio, se alguém entrou na casa de noite e não é ladrão, as possibilidades são quatro, e disso não se escapa. Ou é amante da mulher, ou é sequestrador, ou está procurando alguma coisa ou então quer saber alguma coisa. Eu excluiria os dois primeiros casos.

— Continue.

— Enquanto o interrogatório avança, aparece uma boa oportunidade para Nicotra. Talvez um momento de distração dos que entraram na casa. Nicotra abre a porta, sabe que a mulher sempre deixa a bicicleta encostada lá perto, monta e foge. Um dos dois atira, e o tiro pega no meio das costas dele. Mas Nicotra aguenta e se afasta na escuridão. Não esqueça que está caindo um temporal.

Então, não podendo fazer outra coisa, matam a mulher também e vão embora.

— Desculpe, mas por que levam o carro, já que na garagem ele não está?

— Não sei dizer. Mas pode ser que não mataram a mulher, que ela foi sequestrada.

— Como vamos agir?

— Amanhã de manhã, enquanto eu vou falar com o promotor, você procura saber o máximo possível sobre Giugiù Nicotra.

— Comunico que identificamos o cadáver?

— Talvez seja melhor ganhar tempo. A gente faz isso depois que eu falar com o promotor.

— Me dê parabéns — disse Mimì Augello na maior cara dura assim que o viu.

— Que feito heroico você cometeu?

— Realizei no prazo de duas horas aquilo que os jornais chamam de "grande operação".

— Conta.

— Vocês tinham acabado de sair, recebi um telefonema anônimo. Uma voz de homem disse que um tal Saverio Piscopo, que mora na rua Lo Duca nº 4, tinha recebido uma boa encomenda e que ela estava escondida no carrinho do filho dele de três meses. Disse também que estava fazendo a denúncia porque o tal Piscopo traficava em frente às escolas.

— E você confiou num telefonema anônimo?

— Confiei e fiz bem. No carrinho havia um quilo de erva e um bocado de droga sintética.

— Prendeu o cara?

— Claro.

— Como ele reagiu?

— Tinha decorado bem a fala de quem não sabe de nada, mas não conseguiu explicar como é que a droga tinha ido parar no carrinho do filho. Repetia o tempo todo que ganha o pão honestamente como pedreiro. Então, não vai me dar parabéns?

— Parabéns, Mimì.

Montalbano tinha se levantado e estava para sair e ir para Marinella quando o telefone tocou.

— Dotor, preciso dizer que na linha se trataria de estar o senhor Gambabella.*

— Pode passar.

Podia apostar as bolas que o senhor Gambabella era Gambardella.

— Caro Gambardella, diga lá. Estou sabendo que já...

— Sim, doutor Montalbano, e peço mil desculpas pelo incômodo que lhe dou. Mas se trata de uma coisa realmente séria e tenho certa urgência em falar com o senhor em particular.

— Olhe, eu estava saindo, mas posso ficar e...

— Peço desculpas novamente, mas não quero ser visto entrando no comissariado.

Então o caso não podia ser tratado em cima das coxas. Ele estava sendo observado...

— Entendi. Sabe onde moro?

— Sei.

— Agora são oito. Pode ser daqui a meia hora?

— Combinado.

---

* Gambabella, literalmente, perna bonita. [*N. da T.*]

A primeira coisa que fez, assim que entrou em casa, foi ir olhar o que Adelina tinha deixado para comer.

Abrir o forno ou a geladeira lhe dava a mesmíssima emoção de quando ele era pequeno e quebrava o ovo de Páscoa para ver que surpresa havia lá dentro.

Talvez para se redimir dos maus modos da manhã, Adelina tinha deixado um maravilhoso macarrão ao forno e duas linguiças no molho.

Peixe fresco, com aquele maldito tempo, era bem difícil achar. Congelado havia de monte, mas não era coisa adequada ao seu paladar.

Ia pôr tudo para esquentar depois da visita de Gambardella.

Abriu a porta-balcão da varanda, mas não era o caso de ficar sentado lá fora.

A campainha tocou, ele foi abrir. Era Gambardella.

Quem lesse os artigos incendiários que ele escrevia e soubesse a que se arriscava, imaginaria Gambardella como um homenzarrão atrevido, de olhar feroz. Vai ver, era um sujeito miúdo de uns quarenta e cinco anos, sem cabelo, de óculos, que usava um paletozinho de mangas curtas demais.

Sentaram-se nas duas poltronas que ficavam em frente à televisão, mas virando-as de tal modo que ficaram cara a cara.

— Toma alguma coisa?

— Não, obrigado. Não quero ocupá-lo mais do que o tempo estritamente necessário.

— Mas eu vou tomar um pouco de uísque.

— O senhor lê a minha publicação?

— Sim. Entre outras coisas, dar o nome de "O guardião do farol" me pareceu uma ótima ideia.

— Obrigado. Como o senhor deve saber, sou um advogado apaixonado por jornalismo. Como jornalista, tenho o péssimo vício de revelar os podres.

— Em vista dos tempos atuais, isso não me parece vício, mas propriamente virtude.

— Virtude que, como já me deram claramente a entender, poderia me custar caro. Vou aos finalmentes. Já ouviu falar de uma empresa chamada Albachiara?

— Não.

— É uma empresa criada há um ano e meio com a finalidade de atuar nas obras públicas. Um mês depois que criada, já se impôs no mercado. E olhe que nesse mercado os concorrentes são muitos e muito aguerridos. Seja como for, a Albachiara ganhou, entre outras coisas, a concorrência para o conjunto educacional de Villaseta. Trabalharam de fato em tempo recorde, e em um ano e dois meses entregaram a obra.

— Em quanto inflaram os custos?

— Pouquíssimo. Um percentual negligenciável. Desse ponto de vista, comportaram-se de modo irrepreensível.

— Portanto, uma empresa de respeito.

— Na aparência.

— Como assim?

— Um mês atrás, exatamente uma semana depois da inauguração, um dos três prédios foi interditado.

— Por quê?

— Dois tetos tinham desabado e, além disso, havia rachaduras visíveis nas paredes externas.

— Houve feridos?

— Por sorte, não.

— Abriram algum inquérito?

— Não puderam deixar de fazer isso.

— A conclusão?

— Concluíram que a responsabilidade não era da empresa construtora, que as rachaduras se deviam a um deslizamento subterrâneo do solo onde o prédio estava construído.

— Desculpe, mas antes de começar a construção, não é obrigatório fazer uma análise prévia?

— Claro, e foi feita.

— Com resultado positivo?

— Sim. O alvará foi assinado pelo professor Augusto Maraventano, uma autoridade no assunto, mas que na época estava com noventa anos e completamente caduco.

— Entendi.

— A coisa é mais complexa.

— Maraventano foi processado?

— Não foi possível.

— Por quê?

— Morreu seis meses atrás. E assim a história acabou em pizza. Nenhum culpado.

— Veja que...

— Espere. Quando a coisa chegou aí eu me fiz uma pergunta lógica.

— Qual?

— Se o terreno está sujeito a deslizamentos, os outros dois prédios não correm risco?

— E o que fez?

— Fui falar com o engenheiro Riccio, assistente do professor Maraventano, que me garantiu que a história do deslizamento era uma balela, combinada entre a Albachiara e o juiz. Do ponto de vista geológico, o terreno é solidíssimo. Ele me mostrou os relevos topográficos, estudos, análises, tudo. Só que ninguém, além de mim, se deu o trabalho de ir fazer perguntas a ele.

— Mas como pôde o juiz...

— Só considerou a perícia feita por alguém apresentado pela própria Albachiara. Então cheguei a uma conclusão inevitável.

— Diga.

— Que o material usado pela Albachiara não era o declarado no contrato de empreitada, mas outro, de péssima qualidade. E que, além disso, durante a construção fizeram uma tremenda economia, deixando de aplicar normas explícitas para a estabilidade e a segurança. Faz três dias que comecei a me mover nessa direção, fazendo umas perguntas por aí.

— Resultados?

Gambardella sorriu.

— O resultado é que ontem à noite encontrei na caixa de cartas um envelope com o endereço em letra de fôrma. Logo desconfiei. Abri. Dentro, só uma foto do meu filho Ettore, de seis anos, saindo da escola.

— Nada escrito?

— Nada.

— Tem a foto?

Tirou um envelope do bolso e o entregou ao comissário. Não tinha chegado pelo correio, alguém a pusera na caixa. A foto mostrava um menino rindo, conversando com um colega do qual só se via um ombro.

— Eloquente — disse Montalbano devolvendo o envelope. — E agora, o que pretende fazer?

— A partir de amanhã Ettore vai frequentar uma escola de Montelusa e ficar morando com uma irmã minha.

— Acha que em Montelusa seu filho não vai correr nenhum risco?

— Não sou tão bobo. Mas neste momento não encontro...

— Mande seu filho por enquanto para Montelusa, mas não o matricule em nenhuma escola. Leve-o para a casa da sua irmã hoje à noite mesmo e faça isso de um modo que ninguém perceba.

— Está bem.

— Então o senhor pretende levar adiante?

— Parece óbvio.

— Quero que saiba que estou à sua completa disposição. Diga como posso...

— Vim aqui só para pôr o senhor a par da ameaça recebida. Caso aconteça alguma coisa comigo ou com algum dos meus familiares, o senhor vai saber que rumo dar às suas investigações.

— Vou lhe fazer uma proposta.

— Sou todo ouvidos.

— Eu, oficialmente, não posso me mexer. Mas, se o senhor me mantiver informado do que for descobrindo, vai ser mais fácil eu prevenir alguma atitude perigosa por parte deles.

— Combinado.

— Uma última pergunta. Com quem esteve falando?

— Com três ex-pedreiros que trabalharam na construção das escolas. Um deles, um tal de Saverio Piscopo, me deu uma dica que talvez seja preciosa.

— Como disse que se chama?

— Saverio Piscopo.

Esse já pagara por falar demais. Tinham posto droga no carrinho do filho dele. Preferiu não dar a notícia a Gambardella.

— Em que consiste a dica?

— Que no começo o mestre de obras do conjunto era um tal de Filippo Asciolla, que foi mandado embora e substituído por outro. Dizem que Asciolla não pode ver o pessoal da Albachiara nem pintado. Quero ir falar com ele o mais depressa possível.

— Mantenha-me a par e tenha muito cuidado. Ah, escute, sabe qual é a empresa que está construindo a nova adutora do Voltano e atualmente tem um canteiro de obras em Pizzutello?

— Onde hoje de manhã encontraram um homem assassinado?

— Isso.

— É a Rosaspina.

— O que é que estão falando sobre esse assassinato por aí?

— Como o morto ainda não foi identificado, as suposições são muitas e, naturalmente, não falta a hipótese do adultério. Mas, no momento atual, está tudo no ar.

Assim que Gambardella saiu, ele aprontou a mesa enquanto a comida esquentava no forno e depois comeu com calma, regalando-se principalmente com o macarrão.

Em seguida tirou a mesa, ligou a televisão e assistiu ao noticiário da Retelibera.

Uma vez que, de propósito, ainda não tinha comunicado a ninguém o nome do morto, o assassinado da galeria era chamado de "o desconhecido". O jornalista Nicolò Zito estava admirado por não ter havido nenhum comunicado de desaparecimento. Porque — e aí chegava à mesma conclusão a que ele tinha chegado — um homem que às cinco da manhã sai de cuecas debaixo da chuva, montado numa bicicleta, só pode morar na redondeza. E concluía:

— Na falta de notícias por parte da polícia, amanhã cedo daremos início à nossa investigação e manteremos nossos telespectadores informados.

Inteligente o amigo Nicolò, não se podia negar. E logo depois lhe ocorreu um pensamento.

Era certo que Nicolò não ia demorar nem um pouco para descobrir que o homem assassinado morava numa casa perto do canteiro de obras e que era casado.

E, dando a notícia, ia deixar os assassinos de orelha em pé, e eles iam se proteger melhor. Era preciso evitar aquilo. Mas como? O melhor seria se antecipar a ele e ficar sabendo antes de todo mundo como as coisas eram de fato.

E isso significava que não tinha tempo de pedir a permissão de praxe ao promotor. Precisava se mexer por conta própria.

O telefone tocou. Àquela hora só podia ser Livia. Não tinha vontade de se levantar e ir atender. Depois decidiu ir, mas, antes de pegar o fone, ainda hesitou por um instante.

Levantou o fone.

— Como está hoje?

Fazia três dias que Livia tinha febre, uma ligeira gripe.

E antes tinha passado mal do estômago e antes ainda tinha sentido tanta dor nas pernas que não conseguia andar...

A verdade mesmo era uma só: desde a morte de François, ela não era a mesma, tinha mudado muito.

Parecia ter perdido interesse por tudo, andava esquecida, desleixada, não estava com pleno domínio das faculdades mentais.

Agora, só de ouvir como a voz dela estava mudada, Montalbano ficava com o coração partido, o mundo em torno dele se tornava cinzento, ele era assaltado por profunda melancolia.

— Um pouquinho melhor.

Uma pausa e depois:

— Gostaria que você estivesse aqui.

— Prometo. Vou assim que puder.

— Estou me sentindo tão sozinha...

Ela estava se sentindo sem forças para ir trabalhar, tinha tirado uma licença do trabalho, não desejava ir a Marinella porque achava que seria um peso e agora ficava o dia todo trancada em casa.

As palavras saíram sozinhas da boca de Montalbano.

— Livia, eu lhe peço, suplico. Reaja, faça isso por nós dois. Você é tudo para mim. Se você se sente assim, eu...

— Vou tentar, Salvo. Prometo. Boa noite.

— Boa noite.

Pousou o fone, respirou fundo, passou as mãos no rosto; percebeu que ele estava molhado.

Quatro

À luz dos faróis do carro, na noite completamente sem luar porque coberta por um manto pesado de nuvens mais pretas que o pretume da noite, o canteiro de obras parecia o cenário ideal para um filme expressionista alemão, com forte contraste entre luz e escuridão e sombras gigantescas deformadas, que mais pareciam projeções de figuras monstruosas e imóveis.

Ou então para algum daqueles outros filmes, em geral americanos, que descrevem o dia seguinte a uma catástrofe nuclear, quando os sobreviventes ficam perambulando por uma paisagem que no dia anterior conheciam muito bem e agora não reconhecem, ficou estranha.

Era como se naquele canteiro não se trabalhasse há anos e anos; o guindaste, os caminhões, as retroescavadeiras eram, sem tirar nem pôr, sucatas esqueléticas abandonadas há séculos num planeta morto.

Cor já não existia, não se via nada que não fosse do mesmo cinzento uniforme da lama. Um charque, como dizia Catarella. E talvez não estivesse errado, porque a lama entrou na nossa carne, se tornou parte integrante dela. Lama da corrupção, das propinas, das falsas indenizações, da sonegação fiscal, dos estelionatos, da falsificação contábil, do caixa dois, dos paraísos fiscais, do *bunga bunga*...

E Montalbano refletiu que aquilo talvez fosse símbolo da situação em que se encontrava o país inteiro.

Acelerou, com o medo repentino e irracional de que o carro, contagiado, ficasse parado naquele lugar amaldiçoado e no mesmo instante se transformasse num escombro enlameado.

Se calhasse, era certo que logo ele ia começar a chorar como criança apavorada e demoraria muito para voltar a fazer uso da razão.

Respirou aliviado quando finalmente os faróis iluminaram a fachada da casa de Nicotra.

Mas também iluminaram um carro que estava parado quase ao lado da casa.

Quer ver que alguém teve a mesma ideia? Seria possível que o jornalista Zito estivesse tão adiantado nas suas investigações particulares?

Demorou um segundo para entender que não podia parar, que precisava fingir que estava de passagem, e prosseguiu.

Por isso, teve como perceber distintamente que dentro do carro havia um homem e uma mulher. Os dois estavam sentados na frente e, quando a luz dos faróis bateu, deram um jeito de esconder o rosto. Ela era loira.

Zito estava fora de cogitação.

Passou pela frente da vendinha ilegal da velha e continuou rodando até a estradinha vicinal desembocar na estrada que levava a Sicudiana. Trânsito naquela hora era quase nenhum, ele levou o carro para o acostamento, parou e ficou dentro.

Acendeu um cigarro e se pôs a fumar, devagar. Ainda bem que tinha um maço mal começado porque, de um jeito ou de outro, ia precisar deixar passar pelo menos meia hora.

Por causa daquele casal no carro, o que ele tinha a intenção de fazer agora se mostrava um pouco mais perigoso que o previsto. Porque existia a probabilidade, mínima, mas existia, de que a loira fosse Inge, a mulher alemã de Nicotra, voltando para casa sem saber do assassinato do marido e querendo antes uma última, digamos assim, despedida do acompanhante.

A meia hora, sabe Deus como, passou. Montalbano deu a partida e fez o caminho em sentido inverso.

O automóvel com o casal já não estava lá. Teria sido mesmo um encontro amoroso ou Inge teria entrado em casa depois de se despedir do acompanhante?

Saiu do carro e ficou um tempinho parado para ver se havia a aproximação de faróis de carros. Com uma noite tão escura, dava para ver faróis a quilômetros de distância. Nada, por sorte, escuridão total dos dois lados da estrada.

Então foi cautelosamente em direção à casa.

Das venezianas do térreo não filtrava nenhuma luz. Ele foi para os fundos. A situação lhe pareceu ser a mesma da tarde. Com a diferença de que dava para distinguir melhor a luz do quarto.

Voltou para a frente e, bem devagar, procurando não fazer barulho, abriu a fechadura na terceira tentativa, usando as chaves especiais que tinha ganhado de um ex-ladrão. Empurrou um bocadinho a porta, lentamente, para não chiar, espichou o pescoço, olhou lá dentro.

No térreo o escuro era tão denso e compacto que dava para cortar com faca.

Antes de entrar, tirou os sapatos e deixou do lado de fora, perto da soleira.

Depois entrou, acendeu a potente lanterna que tinha levado e fechou a porta, acompanhando o movimento dela com a mão.

Teve a imediata e nítida impressão de que na casa não havia ninguém. O cheiro era de ambiente fechado, de mofo.

Isso significava, portanto, que a mulher que estava no carro não era Inge. Ele tinha o caminho livre, mas fazer as coisas com prudência, nessas ocasiões, era a regra de ouro.

O feixe de luz da lanterna mostrou que ele se encontrava num aposento grande, dividido em três partes: uma era uma pequena cozinha, outra era copa e a terceira era sala de visitas. Havia uma porta fechada, decerto um banheiro.

Tinha imaginado que se acharia diante de uma cena diferente.

No entanto, tudo estava em perfeita ordem, as únicas coisas que destoavam eram uma cadeira no meio da sala de pernas para o ar e outra no chão, deitada de lado.

Sinal evidente de que tinha havido certo tropel, algum início de pega-pega.

Aí avistou pegadas de um par de sapatos e de um par de botinões enlameados que iam da porta diretamente para o pé da escada de madeira que levava ao andar de cima.

Portanto, duas pessoas tinham entrado na casa.

Foi indo bem devagar para a escada e começou a subir, tentando não fazer o menor barulho.

A escada acabava num corredor com três portas enfileiradas dos dois lados.

O aposento que ficava bem de frente para quem acabasse de subir era um dormitório.

Ali a luz estava acesa e por isso correspondia à que eles tinham visto de fora.

Entrou.

A cama de casal estava com lençóis e cobertas jogados todos para um lado e arrastando no soalho.

Um travesseiro todo sujo de sangue estava no chão.

Logo ficou claro para Montalbano que ali só havia dormido uma pessoa.

Como se explicava aquele sangue? De quem era?

A cabeça do homem assassinado não tinha nenhum ferimento, e isso ele mesmo tinha visto.

Continuou a inspeção. Depois vinha um banheiro grande e em seguida uma espécie de escritório. Passou aos três quartos que davam para a frente da casa. Defronte ao escritório havia um quarto vazio, depois um banheiro igual ao outro e a seguir um quarto de casal.

A cama também estava bem desarrumada, sendo evidente que duas pessoas haviam dormido ali.

Montalbano ficou intrigado.

Então Nicotra e a mulher tinham um hóspede.

Homem? Mulher?

Aí teve uma ideia e abriu o guarda-roupa. Dentro, roupas masculinas e femininas, estas bem vistosas. Esse devia ser o quarto dos donos da casa. E confirmou quando foi olhar o banheiro ao lado. Ali havia perfumes, cremes, batons.

Então voltou para o primeiro quarto e abriu o guarda-roupa. Três ternos masculinos, ou cinzentos ou azuis-marinhos, dois suéteres... tudo roupa que pertenceria a um homem de certa idade. Além disso, camisas, cuecas, meias...

Pegou as peças uma a uma, olhou cuidadosamente em cada bolso. Nenhum papel, nenhum documento.

Fechou o guarda-roupa, foi dar uma olhada no banheiro. Lâminas de barbear, pincel e sabão de barbear...

Tinha esquecido de inspecionar a gavetinha da mesinha de cabeceira. Voltou para o quarto, abriu a gaveta, e a primeira coisa que viu foi um grande revólver carregado e, ao lado, uma caixa de balas. Mais nada. Mas em cima da mesinha, perto de um copo de água, havia um frasquinho de remédio daqueles que têm um conta-gotas como tampa. Era para o coração.

Aquela pessoa não estava de passagem, devia ser uma espécie de hóspede permanente.

Não podia ser um parente, senão a velha teria falado dele.

Aliás, a velha nem devia ter conhecimento dele, tanto que se admirava por comprarem muita coisa, sendo só dois.

Então quem era? E o que estava fazendo naquela casa? Tinha sido levado embora com Inge porque podia ser uma testemunha perigosa?

Em conclusão, agora a situação em certo sentido tinha se agravado: um morto e dois sequestrados.

Não tinha mais nada que fazer naquela casa. Foi para baixo, apagou a lanterna e abriu a porta. Mas, para ver onde estavam os sapatos, precisou acendê-la de novo por um segundo.

E foi assim que notou uma cintilaçãozinha metálica vindo bem de perto dos sapatos. Tateou até encontrar. Era uma cápsula de bala. Cem por cento de certeza que tinha sido ejetada da arma usada para atirar em Nicotra.

E isso, em parte, comprovava a sua reconstituição.

Deixou a cápsula onde estava, calçou os sapatos, fechou a porta, foi até o carro e partiu.

Enquanto dirigia para Marinella, ficou pensando numas coisas que não se encaixavam.

A primeira era a história contada pela velha, de que Inge recebia homens porque às vezes chegavam carros, ficavam parados na frente da casa dela e iam embora depois de algumas horas.

Seria possível que Inge trepasse na maior cara de pau com os amantes ocasionais, pouco se lixando para o hóspede idoso que tinha em casa? E este, entre outras coisas, teria de ser cúmplice dela e não contar nada ao marido cornudo. Não, não era imaginável.

Então era lícito pensar numa suposição mais lógica. Os homens que chegavam de carro não iam lá para se encontrar com Inge, mas com a pessoa que ela hospedava. E, para Inge, era cômodo ser vista como uma pistoleira, assim ninguém podia desconfiar de que alguém estava escondido na casa.

A segunda coisa que não se encaixava era exatamente o hóspede idoso. Por que estava na casa? Que relações tinha com o dono da casa? Por que havia pessoas que iam lá falar com ele?

E, principalmente, por que à noite, enquanto dormia, mantinha um revólver ao alcance da mão?

Não soube dar resposta a nenhuma das perguntas.

Mas, quando se deitou, isso não impediu que ele ferrasse no sono.

Na manhã seguinte, antes de se apresentar ao promotor Jacono, foi à superintendência para falar com Angelo Micheletto, o novo chefe da Divisão de Entorpecentes, que era um grande amigo seu, e os dois, entre uma zoeira e outra, muitas vezes se faziam favores recíprocos.

— 'Ngilì, preciso te contar um causo meio que delicado como se você fosse meu mano — disse Montalbano, na maior cara dura.

— E eu sempre sou superdelicado, maninho. Pode contar — disse Micheletto, fazendo a mesma cara.

— O meu vice, o Augello, ontem recebeu um telefonema anônimo e, sem eu saber, prendeu um pobre coitado por porte de drogas, um tal de Saverio Piscopo que...

— Pode economizar saliva, tô sabendo de tudo. O que é que o maninho quer de mim?

— Você deve saber que o Piscopo não é traficante, que aprontaram essa pra ele por vingança.

— E tu como é que sabe disso?

— É que o Piscopo é meu informante — disse o comissário com a cara mais sincera que conseguia.

— Ah. E o teu vice não tava sabendo?

— Não.

— Eu mesmo interroguei o Piscopo. Me explica por que é que ele não contou que era teu informante.

— Não sei explicar.

— Então explico eu. Porque não é teu informante, e você inventou essa história pra livrar a cara dele.

Nesse ponto, a única solução era abrir o jogo.

— É verdade.

— Ai ai! Não se mente pra mano velho! De qualquer jeito, só pra se consolar, fica sabendo que eu também tô convencido de que o Piscopo não tem nada a ver com droga. A gente virou a vida dele do avesso. Sempre foi pedreiro, só isso. Tá limpo.

— E então você soltou ele?

— Hoje de manhã mesmo. E já vou avisado: vê se não vem aqui outra vez contar mentira.

Para o promotor Jacono ele contou tudo, omitindo a visita noturna, naturalmente.

— Então o senhor acha que é indispensável entrar na casa?

— Não vejo alternativa para fazer a investigação avançar. Se o senhor tiver outra ideia...

Jacono não tinha outra ideia.

— Quando está pensando em ir?

— No começo da tarde.

— Se o cadáver da mulher estiver lá, avise imediatamente — disse, assinando a autorização.

O promotor o tinha obrigado a ficar duas horas na sala de espera, mas, em compensação, não havia perdido tempo para decidir.

Assim que chegou ao comissariado, mandou Catarella dizer a Fazio e Augello que fossem à sua sala. Depois disse a Fazio:

— Pode sair um momento? Preciso falar a sós com o doutor Augello.

Fazio se levantou e saiu. Augello olhou para ele interrogativamente.

— Mimì, sou obrigado a retirar os parabéns que você me extorquiu pela brilhante prisão de Saverio Piscopo. Foi verificado que ele é completamente alheio ao tráfico de drogas.

— Mas se no carrinho eu encontrei...

— Eu sei, mas plantaram a droga ali e depois telefonaram para você prender o cara.

— Mas quem lhe disse isso?

— O chefe da Entorpecentes, serve? Então, pense dez vezes antes de acreditar num telefonema anônimo.

Com muita raiva, Augello se levantou e saiu sem dizer nenhuma palavra. Depois de um momento Fazio entrou.

— Consegui a autorização do Jacono. Avise o pessoal da perícia para me encontrar no lugar às quatro. Eles é que precisam abrir a porta. Se lá dentro estiver o cadáver de Inge, avisamos o promotor e Pasquano. E você, o que tem para me dizer?

— Posso ler o papelzinho com as anotações?

— Contanto que não comece pelos tataravós de Nicotra, como é seu costume.

— Tá bom. Gerlando Nicotra nasceu há trinta e quatro anos em Vigàta e tinha diploma de contador. Por outro lado, era filho de contador.

— Os pais ainda estão vivos?

— O pai, sim, e tenho o endereço e o telefone dele, a mãe, não.

— Continue.

— Casado há cinco anos com Inge Schneider, nascida em Bonn, vinte e nove anos. Onde moram, sabemos. Consta ser um rapaz sério, trabalhador, sem vícios, sem histórias com mulheres. Ficha limpa. Recentemente comprou carro novo, Volvo. Tenho o número da placa, que sempre pode servir. De um ano e meio para cá era o contador geral da empresa Rosaspina.

— O que significa contador geral?

— Que pagava contas, salários, controlava gastos com a compra de material e também fazia os balanços.

— Um cargo de responsabilidade.

— Certo. Praticamente sabia tudo de cada centavo que entrava ou saía.

— Um momento, Fazio. Mas a Rosaspina não é aquela que está construindo a adutora?

— Exatamente. Mas ele não frequentava o canteiro, trabalhava no escritório.

— É provável que por isso os dois operários não o tenham reconhecido.

— É provável.

— Mas, antes de trabalhar para a Rosaspina, o que ele fazia?

— Sempre foi contador. Mas na Primavera.

Olha só que nomes poéticos que tinham essas empresas! Depois, para conseguirem um contrato com o poder público, eram capazes das piores coisas.

— E isso é meio estranho — continuou Fazio.

— Por quê?

— Se vossenhoria se lembra, eu já contei que, antes da Rosaspina, a empresa que trabalhava na adutora foi posta sob investigação por fraude, houve prisões e condenações, e ela perdeu o contrato. Essa empresa era exatamente a Primavera.

— E o que é estranho?

— É o fato de que o único empregado da Primavera que passou para a Rosaspina foi Nicotra.

— Certeza que não pegaram nenhum outro?

— Absoluta.

— Nem entre os operários?

— Nem.

— Pode ser um ótimo contador.

— Ótimos contadores se acham aos montes.

— E então só existe uma explicação: podia ter uma excelente recomendação.

— Isso é possível. De fato, dizem que, para contratar Nicotra, a Rosaspina precisou demitir o contador que tinham acabado de contratar.

— E se comenta o nome de quem recomendou?

— Corre o boato de que quem quis foi um membro do conselho de administração, o advogado Nino Barbera.

— E sabem por qual motivo?

— Segundo consta, pelo simples motivo de que se deitava com a mulher de Nicotra.

— Então é a história de sempre.

— Parece que sim.

— E você achou convincente?

— Achei não.

— Diga por quê.

— Eu conheço o advogado Barbera. Pode perfeitamente ter sido amante de Inge, mas eu sei que no conselho de administração ele é o que menos apita. A razão deve ser outra, mas não percebo qual.

— Talvez o nome de Nicotra tenha sido recomendado a Barbera por alguém a quem todo o conselho de administração não podia dizer não. Mas continuamos no campo das suposições. E, para passar das suposições a alguma certeza, você já sabe o que deve fazer.

— Sei sim.

Montalbano começou a se irritar.

— Então, se sabe, diga.

— Saber os nomes dos membros do conselho de administração.

— Muito bem. Então se levante, busque as informações e venha me dizer.

— Já está feito — disse Fazio, tirando um papel do bolso.

Montalbano se enfureceu. Quando Fazio fazia isso, ele perdia o controle. Para desabafar, com a mão direita, que não estava à vista, ele se deu um tremendo beliscão na coxa.

— Posso ler?

— Leia, leia.

— Michele La Rosa, engenheiro, presidente do conselho de administração, Giovanni Filipepi, médico, Nicolò Transatta, proprietário, Mario Insigna, comerciante e Nino Barbera, advogado.

— Não conheço ninguém. E você?

— Conheço dois. O advogado Barbera e o doutor Filipepi. Esse Filipepi, mas isso é fato conhecido, é o médico da família Cuffaro.

Imagine só se a máfia não ia aparecer! Porque nessa história de contratos públicos, ela estava enfiada até o pescoço.

— Só tem os Cuffaro de pacientes?

— Não, doutor. É um bom médico, tem tantos pacientes que fazem fila na frente do consultório dele.

— Então, o fato de tratar de uma família de mafiosos pode não significar nada.

— Ou então pode significar muita coisa — fez questão de completar Fazio, em tom bastante meditativo.

— Se você tem dúvidas, só resta se mexer — disse Montalbano.

— É o que quero fazer.

Cinco

— No entanto — disse o comissário —, enquanto conversamos, uma coisa aí para mim não bate.

Fazio olhou para ele, intrigado.

— Agora, enquanto estamos falando? — perguntou.

— Isso.

— E o que é?

— Primeiro, responda a algumas perguntas.

— Comece.

— A Rosaspina, como todas as empresas do mundo, tem um escritório e um chefe?

— Tem sim. Fica na rua...

— Deixa pra lá o endereço, não me interessa, pelo menos por enquanto. Como se chama o chefe?

— Espere, vou olhar.

Tirou o papel do bolso, deu uma lida e disse:

— Pasquale Ranno. É agrimensor.

— E agora que horas são?

Fazio, completamente perplexo, respondeu depois de dar uma olhada no relógio.

— Meio-dia e doze.

— Ótimo. Tendo morrido de tiro, ontem o contador geral Gerlando Nicotra esteve impossibilitado de ir trabalhar por motivo de força maior e também não esteve em condições de justificar a ausência. Certo?

— Certo.

— Como hoje continua morto, de manhã também foi obrigado a não ir trabalhar. Por isso, é lógico imaginar que o chefe Ranno desde ontem já tivesse se preocupado em telefonar para a casa de Nicotra, e que não tenha sido atendido. Hoje de manhã com certeza terá feito o mesmo. Tem lógica?

— Tem.

— E então eu me pergunto e digo: como é que, meio-dia passado, ele ainda não veio falar conosco, nem por telefone, comunicando o desaparecimento do contador?

— É verdade — disse Fazio. — Mas pode haver uma explicação. Talvez tenham comunicado aos carabineiros.

— Pode se informar?

Fazio saiu e voltou depois de cinco minutos.

— Eles também não receberam nenhum comunicado.

— E a coisa está me cheirando mal. É como se logo tivessem ficado sabendo quem era o homem assassinado. E, se as coisas forem assim, cometeram um erro do tamanho de um bonde. Erro de omissão. Deveriam ter se mostrado no mínimo desorientados.

— Será que os operários que descobriram o cadáver reconheceram, mas para nós disseram que não?

— O cadáver estava de barriga para baixo e todo sujo de lama. Não, se souberam, foi por outras vias.

Catarella apareceu na porta.

— Dotor, desculpe incomodar me apresentando em pessoa, mas o telefone no momento momentâneo não funciona. Gostaria de dizer que in loco seria que está o contador Nicotra.

Mas não morreu? Montalbano e Fazio se entreolharam intrigados.

— É certeza que se chama assim?

— A mão no fogo, dotor.

Fazio deu um tapa na testa.

— Deve ser o pai!

— Manda entrar — disse o comissário.

Depois, para Fazio:

— O que é que eu disse sobre a omissão do pessoal da Rosaspina? Quanto você quer apostar que o pai veio aqui porque não teve notícias do filho?

— Não gosto de perder.

— Meu nome é Ignazio Nicotra — disse ao entrar um homem de setenta anos, magro, nariz aquilino, uma auréola de cabelos brancos, bem vestido, com óculos de lentes grossas.

Tinha expressão preocupada, estava bastante apreensivo, e isso se via pelo ligeiro tremor das mãos e pelo pomo de Adão, que não parava de subir e descer.

— Sente-se e diga.

— Talvez eu seja muito aflito por natureza, talvez com a minha vinda eu só vá fazer os senhores perder tempo, mas o fato é que estou preocupado com o meu filho Gerlando.

— Por quê?

— Porque, como ele não mora comigo, e eu sou viúvo, ele pegou o costume de me ligar duas vezes por dia, de manhã cedo, antes de ir trabalhar, e à noite, quando volta para casa. Ontem não me ligou, nem hoje de manhã.

— Procurou por ele?

— Naturalmente. Mas, na casa dele ninguém atende, nem a mulher dele. E o celular está desligado.

— Tentou procurar no trabalho?

— Claro. Falei com Ranno, o chefe dele, e ele me disse que também não entendem a ausência de Gerlando. Até porque Gerlando sempre se preocupava em avisar quando ia se atrasar ou quando não ia trabalhar.

— Quando viu seu filho pela última vez?

— Seis meses atrás.

— O senhor mora em Vigàta?

— Moro.

— Como então todo esse tempo sem...

'Gnazio Nicotra se agitou na cadeira. Abriu os braços, balançou várias vezes a cabeça.

— Todo domingo eu ia comer com eles. Depois, faz uns seis meses, Gerlando me disse que seria melhor eu não aparecer, pelo menos por algum tempo. Tinha discutido com Inge, a mulher dele. Parece que aos domingos ela queria ir almoçar fora, e a minha presença...

Interrompeu-se. Montalbano registrou mentalmente que fazia seis meses que o hóspede desconhecido estava na casa de Nicotra, essa era a verdadeira explicação para o afastamento do pai.

— Vai ser preciso pensar um pouco nos passos que devem ser dados — disse Montalbano, que enquanto isso queimava os miolos pensando como poderia lhe dar a má notícia.

Mas foi o velho mesmo quem lhe abriu o caminho. Pois ele, depois de limpar a garganta, disse:

— Só ontem à noite fiquei sabendo que no canteiro da Rosaspina, que é a empresa onde meu filho trabalha, foi encontrado um homem assassinato que ainda não foi identificado. Tive um pensamento pavoroso, e não dormi à noite. Eu poderia ver o cadáver?

— Sim — disse imediatamente Montalbano. — Mas antes...

Interrompeu-se e olhou para Fazio. Este fez sinal com a cabeça, estava de acordo.

— Com licença — disse para o velho.

Levantou-se, saiu correndo da sala, foi para o estacionamento e acendeu um cigarro.

Fazio que cuidasse de ir preparando o velho aos poucos, porque para ele faltaria coragem.

Depois de uns vinte minutos, viu Fazio sair, amparando o pobre pai, que não tinha forças para se manter em pé. Fazio o fez sentar-se no seu carro, depois se aproximou do comissário.

— Vou com ele até Montelusa para a identificação oficial. Às três a gente se vê aqui.

No fim, não tinha vontade de comer.

Imaginava a cena do velho contador diante do cadáver do filho, sob a luz desoladora da câmara mortuária, e a boca do estômago se apertava como um punho.

Tinha lido que na França haviam encarregado um grande artista de Abruzzo de tornar o necrotério menos triste e lúgubre. Que grande ideia!

Decidiu ir para Marinella. Assim que chegou, bebeu devagar meio copo de uísque e depois desceu para a praia.

Na orla, as ressacas dos dias anteriores tinham deixado uma faixa longa e larga de sujeira. Sacos e garrafas de plástico, recipientes de vários tipos, sapatos sem sola, pneus, latas de conservas, tambores, tudo coberto por uma espécie de espuma cinzenta que não só parecia lama como também fedia muito. Era fedor de podridão, de coisa deteriorada, morta...

Antigamente — mas quando?, há mil anos? — as ressacas deixavam algas, estrelas-do-mar, conchas.. E que cheiro bom tinham! Era um verdadeiro destilado de ar marinho.

Houve um tempo em que Livia colhia conchas.

Uma vez tinham até discutido.

— Sabe de uma coisa estranha, Salvo? As que eu encontro em Boccadasse são mais bonitas.

— Claro.

— Já que sabe por quê, explique.

— Porque as de Boccadasse são de mentirinha, de plástico.

— Mas o que que é isso?

— Sei de fonte segura: são os funcionários da Pro Loco que jogam as conchas na praia para os turistas.

Livia, que não entendeu a brincadeira, ficou braba.

Livia, meu Deus!

Uma onda de comoção repentina e irreprimível tomou conta dele e o obrigou a correr para dentro, pegar o telefone, discar o número dela.

Ouviu o telefone tocar muito tempo, sem ninguém atender. Não esperando um telefonema dele àquela hora, Livia tinha tirado a tomada da parede. Talvez para descansar um pouco. Melhor assim.

Tomou uma ducha, preparou uma caneca de café, ficou dando voltas pela casa e depois voltou para o comissariado.

Fazio já estava lá e contou que, depois do trágico reconhecimento, levou para casa o velho mais morto que vivo, deixou-o aos cuidados dos vizinhos de casa, e assim, entre uma coisa e outra, não teve tempo de ir comer.

Decidiram pegar a viatura guiada por Gallo para irem à casa de Nicotra e partiram.

Enquanto rodavam, Fazio perguntou:

— O que acha da resposta que o chefe Ranno deu ao pai de Gerlando?

— Que nem eles sabiam como explicar a ausência?

— Isso mesmo.

— É uma resposta que, involuntariamente, aumenta ainda mais a dúvida que tenho sobre o modo deles de agir. Mas como? Você não tem explicação e não faz nada para encontrar uma? Então isso quer dizer só uma coisa: que você tem uma hipótese de explicação, mas prefere ficar quietinho, esperando o desenrolar da situação.

— Também penso assim. E sobre o fato de fazer seis meses que Gerlando não queria que o pai pusesse os pés na casa dele?

Essa explicação Montalbano tinha, bem clara, mas não podia dizer a Fazio.

— Não sei o que responder, pode ser verdadeira a história da antipatia de Inge.

Apesar de não estar chovendo e, aliás, ter aparecido um solzinho fraco e absolutamente provisório, no canteiro de obras, ninguém trabalhava. Dava para perceber que, por ordem de Jacono, ele ainda estava interditado.

Pararam em frente à casa antes das três e meia, Gallo tinha corrido bastante. A perícia não tinha chegado. Desceram do carro.

Montalbano, com jeito de quem não quer nada, se aproximou da porta. Queria ver se a cápsula ainda estava lá. Estava. Ele quis se garantir.

— Fazio!

— Diga, doutor.

— Venha cá perto de mim e olhe para onde estou apontando. Viu? Será que é o que estou achando?

— É sim. É uma cápsula.

— Então precisa tomar cuidado para o pessoal da perícia não pisar nela e acabar afundando.

Fazio pegou quatro pedras grandes e pôs ao redor da cápsula, para proteger.

A perícia chegou dez minutos depois. Por sorte, quem veio não foi o chefe, mas seu subordinado imediato, Jannaccone, homem inteligente com quem Montalbano simpatizava.

Fazio chamou a atenção dele para a cápsula, que foi fotografada e depois guardada num saquinho plástico.

— Vamos abrir? — perguntou Jannaccone.

— Em frente — disse o comissário.

Enquanto um funcionário lidava com a porta, Jannaccone perguntou:

— O que espera encontrar aí dentro?

— Aqui morava o homem que foi achado na galeria, morto com um tiro. Espero estar errado, mas receio que aí dentro esteja o cadáver de uma mulher, a esposa dele.

Disse a solene mentira como grande ator, com expressão séria e cara fechada.

— Não tinham filhos?

— Não. Aqui moravam só os dois.

E isso ele disse de propósito, queria que a presença de uma terceira pessoa fosse surpresa também para Jannaccone, que lhe despertasse a curiosidade e chamasse a atenção.

— Então nós entramos na frente. Depois chamo o senhor.

— Pronto — disse o funcionário.

Passados uns dez minutos, Montalbano já estava no terceiro cigarro, o subchefe da perícia reapareceu.

— Não há nenhum cadáver.

— Ainda bem — disse o comissário, dando um falso suspiro de alívio.

— Mas aqui não moravam duas pessoas, como disse o senhor, comissário. Com o casal morava outra pessoa.

Montalbano olhou para Fazio, fazendo uma magistral cara de espanto. Mas o espanto de Fazio era autêntico.

— Outra pessoa?!

— Exatamente.

— Escute, Jannaccone, eu preciso de qualquer jeito...

— Não posso deixar entrar, lamento muito. No chão há pegadas de sapatos enlameados que...

— Por favor.

As palavras eram de súplica, mas o tom era de um comando que não admitia recusa. Jannaccone entendeu. Balançou a cabeça, depois encolheu os ombros, resignado.

— Está bem. Venham atrás de mim em fila indiana e não toquem em nada por nenhum motivo.

Entraram. As luzes tinham sido acendidas. Fazio olhava ao redor como se quisesse fotografar tudo.

— Aqui teve briga — soprou ele atrás de Montalbano, olhando as duas cadeiras no chão.

— É.

Aquela cena estava gravada na cabeça do comissário.

Jannaccone os conduziu para o andar superior e os levou para o quarto em frente à escada.

— Este era o quarto onde a outra pessoa se hospedava. Os donos da casa dormiam no da frente.

— Mas esse travesseiro está sujo de sangue! Devem ter machucado essa pessoa — disse Montalbano, fingindo surpresa.

— Provavelmente lhe deram um soco na cara para que ela fosse obrigada a se levantar e se vestir — disse Jannaccone.

— Poderia abrir o armário? — perguntou o comissário.

Jannaccone abriu.

— Era homem e, a julgar pela cor e pelo corte das roupas, de certa idade. Pode fechar, obrigado.

Quando saíram novamente para o corredor, Fazio arriscou:

— Poderíamos ver o outro quarto?

— Por favor, sempre em fila indiana.

Assim que entraram no outro quarto, Fazio fez uma observação mais para si mesmo do que para os outros.

— Por que levaram as roupas?

— Quais? — disse Jannaccone, que não entendeu.

A explicação quem deu foi Montalbano.

— Está claro que tanto a mulher quanto o terceiro homem, antes de serem sequestrados, foram obrigados a se vestir. Mas também faltam as roupas do homem assassinado, que teve tempo de fugir de bicicleta e foi encontrado de camiseta e cuecas. Aqui estão só os sapatos.

— Um momento — disse Jannaccone.

Saiu e voltou quase imediatamente.

— No banheiro não estão.

— Então está claro que as roupas foram levadas pelos assaltantes — concluiu o comissário.

Deu um suspiro bem fundo e continuou:

— Escute, Jannaccone, é absolutamente necessário identificar a pessoa que dormia no outro quarto.

— Olhe, comissário, temos o sangue no travesseiro e decerto vamos encontrar grande quantidade de impressões digitais. Será um trabalho demorado, mas vamos conseguir.

— Demorado quanto?

— Imagino que hoje não vai dar e teremos de continuar amanhã de manhã também. Já que, por sorte, não há nenhum cadáver, podemos trabalhar com absoluta tranquilidade.

— Então acho inútil ficarmos aqui.

— Também acho.

Durante a viagem de volta, nem Montalbano nem Fazio abriram a boca.

Cada um, a seu modo, pensava no que tinha visto na casa.

Falaram do assunto quando chegaram ao comissariado.

— Quem vossenhoria acha que era o homem idoso que morava com os Nicotra?

— Não sei e não quero levantar hipóteses a esmo. Vamos esperar as respostas da perícia. Só posso dizer uma coisa com certeza: desde quando ele estava lá. Fazia seis meses.

— Como sabe?

— O pai de Gerlando disse isso indiretamente, quando contou que fazia seis meses que não tinha permissão para entrar na casa.

— É verdade. E o sujeito estava bem escondidinho, tanto é que nem a velha da casa ao lado nem o pai dele falaram nada a respeito. E sobre as roupas que estão faltando?

— Devem ter pegado para não perderem tempo procurando celular, carteira, papéis no bolso... Não sabiam se o tiro tinha atingido Gerlando ou não, ele podia conseguir dar o alarme de algum modo..

— E agora eu me pergunto se estamos vendo todo o caso pelo lado certo — disse Fazio.

— Como assim?

— Se o objetivo dos caras que entraram na casa era Gerlando ou o idoso.

— De uma única coisa começo a ter certeza. Se Gerlando não fugisse, não haveria nenhum morto, mas só o sequestro de três pessoas. E, se tudo corresse bem, o sequestro duraria um ou dois dias e ninguém ficaria sabendo de nada.

— Mas Gerlando e a mulher não eram tão ricos para pagarem um resgate.

— Gerlando e a mulher não, mas o que sabemos do idoso? Além disso, nem sempre o resgate é em dinheiro.

Fizeram uma pausa.

— No que está pensando? — perguntou Montalbano.

— Estou espremendo os miolos para tentar entender o que aquele homem fazia na casa de Nicotra. Num primeiro momento achei que era prisioneiro...

— Que nada! No quarto dele não havia cordas, mordaças...

— De fato. Percebi que era tratado como uma espécie de pensionista. Vossenhoria tem alguma ideia?

— Na minha opinião, ele tinha sido confiado aos Nicotra, que foram encarregados por alguém de cuidar do homem.

— Será que se trata de algum foragido?

— É possível. Mas não me parece o lugar certo para esconder alguém que é procurado. A velha, só para dar um exemplo, disse que muitas vezes chegavam carros na casa. Ninguém vai se encontrar com um foragido em pleno dia e dando assim na vista.

— Talvez as pessoas que iam lá falar com ele fossem parentes, amigos...

— Isso também é possível. Mas sempre fica uma pergunta sem resposta. Se não era um foragido, por que estava escondido? Que motivos tinha? E deviam ser motivos bem sérios, porque, quando foi localizado, invadiram a casa para sequestrá-lo e não hesitaram em atirar para matar.

— Por isso esse homem deve ser um chefão — concluiu Fazio.

Montalbano olhou para ele, pensativo.

— Você talvez tenha dito a coisa certa — disse.

Seis

O comissário dedicou a última meia hora de trabalho à assinatura dos papéis que, pelo que tinham dito, eram os mais urgentes. Uma vez quis fazer uma experiência. Pegou uma folha de cima, carimbada com um "urgentíssimo, responder imediatamente", e guardou numa gaveta. Passaram-se meses e meses sem que ninguém percebesse que ele nunca tinha respondido. Por isso, convencido de que se tratava de um ritual burocrático inútil, agora ele punha a assinatura no lugar devido, sem nem ler nenhuma linha do que estava escrito. E a coisa funcionava perfeitamente, tanto que nunca recebia advertências da Administração.

Depois decidiu que tinha trabalhado o suficiente e merecido o dia de salário.

Levantou-se. Saiu e, quando passava pela frente do cubículo de Catarella, viu que ele estava ocupado, resolvendo palavras cruzadas. Tinha a testa enrugada e mastigava o lápis.

— Posso ajudar?

— Pode sim, dotor, não acho uma palavra.

— Como é a definição?

— Ao lado da corporação dos carabineiros, caça ladrões e assassinos e mantém a ordem pública.

— Quantas casas?

— Sete.

— Polícia.

— Tem certeza? Eu pensei nisso, mas depois descartei.

— Por quê?

— Quando foi que nós, da polícia, caçamos ao lado dos carabineiros?

Raciocínio impecável.

— Então quer dizer que me enganei. Até amanhã.

Pegou o carro e partiu para Marinella.

Assim que pôs o carro em movimento, foi assaltado de repente, com a fúria de um cão raivoso, por uma enorme fome atrasada. Não tinha conseguido comer ao meio-dia, e agora seu corpo lhe pedia com insistência que tirasse o atraso sem perda de tempo.

Depois, vinte metros antes do desvio que levava para a sua casa, precisou parar porque na frente dele a fila não acabava mais.

O que podia ter acontecido? Àquela hora havia trânsito, sim, mas não tanto, a ponto de provocar uma fila daquelas. Com certeza, algum acidente causado por algum bêbado ou drogado no volante, como acontecia cada vez mais.

A parada imprevista elevou sua fome ao nível da cegueira.

Em resumo, ele esgotou o repertório completo de todas as pragas que conhecia.

A certa altura, para completar, percebeu que estava sem cigarros.

Então não aguentou mais e, mordendo a ponta da língua, começou a perigosa manobra de sair com cuidado da fila e começar a andar na contramão.

Nesse exato momento ouviu uma sirene se aproximando. Era um carro dos carabineiros. Deixou o carro passar e foi na cola dele. Fez os vinte metros numa chispa e virou.

Abriu a porta de casa e correu para a cozinha salivando. Adelina tinha deixado uma porção dupla de *sartù* e — finalmente! — uma generosa quantidade de lulas e camarões fritos. Depois daquela abstinência forçada, ele saboreou tudo devagar, deixando de vez em quando escapar uma espécie de gemido de prazer.

Depois de tirar a mesa, foi para o banheiro e lavou demoradamente o rosto com água fria. Era uma espécie de preparação antes de ligar para Livia. Depois se sentiu mais relaxado, por isso capaz de aguentar melhor a dor no coração que lhe dava a voz dela, tão triste e longínqua.

Ligou.

Fazia tempo que tinham terminado os longos telefonemas noturnos que muitas vezes se encerravam com uma rusga. Agora Livia ia se deitar cedo, morta de canseira por ter precisado viver mais um dia.

Logo de cara, percebeu que ela estava com voz diferente, bem mais vivaz, e ficou alegre.

— Está se sentindo melhor?

— Um pouquinho. Hoje o dia estava bonito, e eu aproveitei para sair e fazer umas compras indispensáveis.

— Você deveria sair de qualquer jeito, todos os dias, tomar ar, se movimentar, passear...

Tinha ouvido mal, ou Livia tinha dado uma risadinha? Tomara que fosse isso mesmo!

— Acho que de hoje em diante vou ser obrigada a sair.

Montalbano ficou intrigado.

— Quem vai obrigar?

— Adivinhe.

— Não consigo.

— Um serzinho que neste momento está dormindo no meu colo.

O comissário logo entendeu.

— Você pegou um cachorro?

— Precisei. Um filhotinho minúsculo que começou a me seguir na rua e não largou mais. Fiquei comovida e peguei.

— Fez muito bem. Vai ver como ele vai te fazer companhia. Você precisa levá-lo a um veterinário.

— Vou levar amanhã de manhã.

Ótimo! Assim, entre uma coisa e outra e precisando levar o cachorrinho passear, ela voltaria a sair todos os dias.

— Como vai se chamar?

— Ainda não decidi.

Conversaram mais um tempinho e deram-se boa-noite, mandando beijos à distância.

Mentalmente, Montalbano acendeu uma vela bem grande e a pôs debaixo da estátua do santo desconhecido, mas certamente existente, que protegia os animais.

Depois se sentou diante do televisor para ver o noticiário das dez. Sintonizou a Televigàta, curioso para ouvir como estavam interpretando o homicídio de Nicotra.

Era bem comum a Televigàta servir de porta-voz oficioso da máfia. Todo mundo sabia que, entre os acionistas da emissora, estavam testas de ferro tanto dos Cuffaro quanto dos Sinagra.

Apareceu Ragonese, o jornalista número um, aquele que sempre achava um jeito de atacar Montalbano, falar mal dele por um motivo ou por outro, para desacreditá-lo perante a opinião dos habitantes de Vigàta.

... foi identificado, no fim da manhã, pelo pai. Conseguimos entrar em contato com o doutor Domenico Augello do Comissariado de Vigàta, e ele disse que não está autorizado a dar declarações. Infelizmente, em nosso Comissariado, impera o estilo Montalbano, constituído principalmente de injustificada arrogância e total desprezo pela informação. Entre as várias hipóteses que circulam sobre o motivo do crime, uma nos parece ser a mais convincente, e nós, por dever jornalístico, a levamos ao conhecimento dos nossos telespectadores. A bela e jovem senhora Inge, esposa do pobre contador Gerlando Nicotra, segundo voz corrente, era, digamos assim, propensa a aventuras extraconjugais. Naquela noite fatal, o contador, habituado a tomar soníferos que o faziam cair em sono pesado, estranhamente acorda, percebe que a mulher não está ao seu lado na cama. Vendo que ela não volta, depois de algum tempo se levanta e, ouvindo conversa no andar de baixo, se debruça para olhar do alto da escada. E assim acaba descobrindo a mulher nos braços de outro homem. Armado com uma pistola, desce para o andar de baixo, ameaçando os dois. O amante da mulher, que não se atemoriza, após breve luta consegue desarmar o contador. Este, temendo pela própria vida, tenta fugir na bicicleta da mulher. O amante então lhe dá um tiro e logo depois foge, por sua vez, com a senhora Inge. Essa reconstituição, voltamos a repetir, é a que mais nos convence. Por outro lado, é de conhecimento geral que o contador Nicotra era homem de conduta exemplar, funcionário modelo que...

Desligou, tinha ficado sabendo o suficiente.

Pelo que se lembrava e com base em tudo o que tinha lido, era tradição na Sicília que os crimes da máfia fossem apresentados em primeiro lugar como causados por uma questão de cornos.

O dia seguinte trouxe de presente um sol triunfante num céu sem nuvens.

Montalbano ficou tão surpreso e contente que começou a cantar *E lucevan le stelle*, desafinado como sempre...

E mesmo depois do banho continuou na exibição canora, mas, em certo ponto, interrompeu de repente.

Tinha a impressão de ouvir o telefone tocar.

Ficou prestando atenção, com a mão no ar, segurando a navalha.

Nada.

Provavelmente tinha tocado e parado.

E agora?

E agora, caríssimo Salvo, quer apostar que está ficando surdo mesmo?

O bom humor desapareceu de repente e foi substituído por uma raiva tremenda de si mesmo.

— Eu ouço muito bem! Entendeu, seu bosta? — disse para o rosto que estava vendo, refletido no espelho.

E o rosto no espelho replicou:

— Olha só quem fala! Bosta é você que não quer tomar consciência da realidade!

— Mas que realidade?

— A dos aninhos que já tem!

O bate-boca foi interrompido pelo toque do telefone.

— Está vendo como eu ouço? — gritou o comissário para o rosto do espelho antes de ir atender.

Era Mimì Augello.

Achou estranho, Augello nunca telefonava para Marinella, preferia que os outros o perturbassem em casa.

— Foi você que telefonou antes?

— Foi.

Caramba! O telefone tinha tocado mesmo.

— Que foi, Mimì?

— Quero instruções.

— Sobre o quê?

— Sobre se devo acreditar na informação de um telefonema anônimo que acabei de receber.

Tudo ficou claro. Aquele grandíssimo cornudo filho da puta do Augello estava se desforrando da solene bronca que tinha levado. Mas ele não podia fazer nada, a não ser entrar no jogo.

— O que você ficou sabendo?

— Que esta noite incendiaram um carro no distrito de Riggio, e que a carcaça ainda está fumegando.

— Está bem. Vá ver do que se trata.

— Tem certeza?

O tom irônico de Mimì o deixou de pé atrás.

— De quê?

— De que eu devo ir.

— E por que não?

— Porque o Fazio, que está aqui do lado, disse que o distrito de Riggio confina com o de Pizzutello.

— Cacete! — exclamou Montalbano.

— Está vendo? Tchau, passo o Fazio.

— Pronto, doutor? Eu diria que vale a pena...

— ... ir dar uma olhada? Concordo.

— Daqui a meia hora no máximo vou pegar o senhor com a viatura do Gallo.

Quando passaram ao lado do canteiro de obras deserto, viram os dois carros da perícia na frente da casa de Nicotra.

— Vamos lá perguntar em que ponto estão? — perguntou Fazio.

— Não. Vamos em frente.

A venda-bar-restaurante ilegal da velha estava de portas abertas e em plena atividade, com um freguês saindo de saquinho plástico na mão e outro entrando.

Depois de uns cem metros, havia uma estrada vicinal à direita. Gallo entrou nela, e o carro de repente parecia que tinha virado um barco no meio das ondas. A estradinha era uma sequência de murundus e buracos enormes, e o automóvel se livrava deles a muito custo.

A paisagem também tinha mudado.

Ao redor, até onde o olhar chegava, devia fazer muitos anos que as terras não eram cultivadas e agora não passavam de uma extensão de ervas daninhas interrompida aqui e ali pelas ruínas de algumas casinholas que, brancas como eram, pareciam ossos no deserto.

Mas será que por aqueles lados havia existido de verdade a terra dos limões (e também das laranjas)? Ou era fantasia poética?

O fato de não se ver gente nem cães era quase normal, mas o que impressionava e causava mal-estar era não haver pássaros no céu.

Dentro da viatura ninguém falava, aquela desolação desencorajava a palavra.

— Mas é certeza que aquele maldito telefonema anônimo não foi trote? — disse a certa altura Montalbano, que já estava de saco cheio.

— Tá ali — disse Fazio.

À esquerda, o terreno em aclive estava coberto por milhares de pedras brancas que pareciam ter sido postas ali de propósito, para formarem uma espécie de praça, e bem no meio, como se fosse um monumento fúnebre, escuro sobressaía a carcaça preta do automóvel.

Gallo saiu da estradinha, levou a viatura para perto do carro queimado, parou, eles desceram.

Ainda era forte o cheiro penetrante de tinta, borracha e assentos devorados pelo fogo.

Tanto o capô quanto a porta do porta-malas estavam meio levantados e engelhados.

Com alívio, viram imediatamente que não havia nenhum cadáver.

Fazio, com muito trabalho, conseguiu decifrar o que restava da placa de trás.

— Não há dúvida — disse. — É o carro de Nicotra.

Montalbano ficou mudo.

Naquele exato momento uma cobra de mais de metro e meio de comprimento, chamada comumente de *verdone*, saiu do meio de duas pedras brancas, roçou veloz os sapatos do comissário e se enfiou debaixo de outra pedra.

— Pelo menos algum ser vivo — disse Montalbano.

— Eu me pergunto o que significa essa história — disse Fazio. — Se aí dentro estivesse o cadáver de Inge, então fazia sentido, dava para entender o porquê e o como, mas desse jeito...

— É claro que deste lugar esquecido por Deus ninguém ligou para dizer que havia um carro queimado. Quem telefonou foi um dos que incendiaram o carro. Queriam que a gente soubesse. E isso explica o anonimato.

— Mas por que fez isso?

— Para a gente servir de moleque de recados.

— Não entendi.

— Nós vamos precisar comunicar oficialmente que encontramos esse carro, não? E assim o recado chega a quem deve chegar. Evidentemente, há negociações em curso.

— Eu ainda não consigo entender por que eles levaram esse carro.

— Não podiam fazer outra coisa.

— Explique.

— Os dois que vão para a casa de Nicotra têm uma única incumbência: sequestrar o idoso. Ele seria levado no banco de trás do carro deles, deitado, amarrado e coberto. Deixariam o casal Nicotra vivo, com a condição de não darem logo o alarme. Mas acontece que Gerlando acha que é boa ideia fugir, e um dos dois atira. Nessa altura tudo muda, os dois não sabem mais o que fazer e, pelo sim, pelo não, decidem sequestrar a mulher também. Então um deles leva o homem no carro deles, ocupando o banco de trás, e por isso o outro precisa usar o carro de Nicotra para sequestrar Inge. Te convence?

— Convence. E agora o que fazemos?

— Agora voltamos para o comissariado. Quanto antes, melhor. Isto aqui não é lugar para ficar nem mais cinco minutos.

— Aviso a perícia?

— Claro. Mesmo que não encontrem nada. Mas é assim que eles querem, e nós, bem obedientes, vamos dando corda.

— Vou falar com eles quando a gente passar pela frente da casa. É bobagem ficar telefonando.

Quando entrou, Montalbano disse a Catarella:

— Manda o Augello falar comigo.

— Não está in loco, dotor.

— O que significa que não está in loco?

— Não sabe o significado? Quer brincar? Significa que não se encontra neste local, mas em outro.

Montalbano fez de conta que não entendeu.

— Mas como? Eu estou ausente, Fazio está comigo, e ele sai por aí? E quem cuida disto aqui?

— Cuido eu, dotor — disse Catarella, orgulhoso.

Montalbano preferiu deixar pra lá.

— Mas disse para onde foi?

— Disse não, dotor.

— Desde quando está fora?

— Vamos dizer que faz mais de duas horas, dotor. Logo depois que Fazio saiu pra ir buscar o senhor em Marinella, o dotor Augello recebeu um telefonema e saiu correndo depressissimamente junto com o inspetor Vadalà.

— Ligue para o celular dele.

— É pra já, dotor.

E pouco depois:

— Está desligado, dotor.

— Qualquer dia desses é ele que eu vou desligar! — pensou o comissário, mas não disse, por se encontrar diante de Catarella, que olhava para ele como se fosse o responsável pelo sumiço de Augello.

Entrou na sala furioso. Mas que modo de agir era aquele? Será que Augello não percebia as catástrofes que podiam acontecer se Catarella ficasse responsável pelo comissariado? Suponha que desse na telha do superintendente fazer uma visita repentina... Ficou gelado só de pensar. Quando ele voltasse, ia lhe dar uma tremenda bronca.

Fazio apareceu.

— Doutor, Vadalà acabou de me telefonar dizendo que saiu com o doutor Augello porque...

— Isso, muito bem, diga por quê. Assim finalmente fico sabendo o que acontece neste comissariado! — explodiu Montalbano.

Fazio, que não conhecia o motivo da raiva do comissário, continuou por força da inércia:

— ... porque atiraram em Saverio Piscopo.

— E quem é esse?

— Como quem é? Não lembra? É o pedreiro que o doutor Augello prendeu...

Lembrou e suou frio.

Não só pela notícia, mas também porque era bem capaz de estar começando a perder a memória também. Se fosse isso, estava pronto para o asilo de velhos.

Não ia servir nem para levar o cachorro da Livia passear, ia esquecer o bicho pelo caminho. Cego, surdo e desmemoriado. Não autossuficiente. Não ia ser aceito nem no albergue.

— Hem? — disse, percebendo que Fazio estava dizendo alguma coisa. E imediatamente depois, com medo de que o outro se convencesse de que ele estava surdo mesmo, explicou: — Estava distraído, desculpe.

— Eu estava dizendo que por sorte ele não morreu.

— Ah, não?

— Não, mas o estado dele é gravíssimo. Foi levado para o hospital de Montelusa. Vadalà diz que estão acabando de interrogar as testemunhas e que dentro de meia hora vão estar de volta.

Depois que Fazio saiu, teve a ideia de telefonar a Gambardella, mas o celular estava desligado.

Estavam fazendo Piscopo pagar por ter falado com o jornalista, primeiro tentando mandá-lo para a cadeia com a falsa acusação e depois tentando matá-lo.

Era um aviso claro e preciso: quem colabora com Gambardella arrisca a vida.

Por isso, sendo evidente para Deus e todo mundo como estavam as coisas, cada um decidia se falava ou não com o jornalista.

Sinal óbvio de que o jornalista tinha metido a mão na merda.

Sete

Augello retornou uns vinte minutos depois, com a expressão sombria como uma nuvem de temporal. Estava claramente nervoso e transtornado com o que tinha acontecido.

— Catarella me disse que você ficou com raiva porque... Desculpe, Salvo, mas quando fiquei sabendo que se tratava de Piscopo, a coisa me pegou de mau jeito porque fui eu que...

— Você está mais que desculpado, Mimì. Agora sente aí, se acalme e me conte como foi.

— O pobre coitado tinha acabado de sair de casa para procurar trabalho, quando uma moto com dois homens chegou por trás, um deles disparou, e o tiro pegou em cheio na nuca dele.

— Um profissional.

— Sem dúvida. Piscopo caiu. A moto parou, o sujeito que atirou, o da garupa, desceu para dar o tiro de misericórdia. Mas não teve tempo, porque chegou correndo um sargento da polícia fiscal que lhe deu dois tiros. Então o homem montou na moto e fugiu sem reagir. Alguém chamou a ambulância, que por sorte chegou logo.

— Você foi ao hospital?

— Fui.

— Em que condições ele está?

— Bem grave, precisam extrair a bala que, pelo que parece, só roçou o cérebro. Ele deve sair dessa.

Fez uma pausa, olhou para o comissário.

— É certeza que não se trata de um acerto de contas entre traficantes?

— Mimì, tentaram matá-lo por um motivo que não tem nada a ver com droga. Alguma das testemunhas reconheceu os que estavam na motocicleta?

— Estavam de capacete fechado.

Outra pausa. E depois:

— Salvo, pelo menos para eu ficar mais tranquilo, posso saber do que se trata?

Montalbano o pôs a par da investigação que Gambardella estava fazendo.

— Se as coisas forem assim como você diz, estou começando a sentir certo receio — disse Augello.

— De quê?

— De que eles sejam capazes de acabar o serviço mesmo dentro do hospital. Tenho certeza disso. Falharam duas vezes, por isso devem estar possessos.

— Tem razão. Você pode fazer uma coisa. Telefonar para o promotor Jacono e pedir autorização para manter um dos nossos de guarda, dia e noite, na frente do quarto de Piscopo.

— Vou lá agora mesmo a falar com ele pessoalmente — disse Mimì. — A gente se vê mais tarde.

Assim que pôs os pés no restaurante, foi surpreendido por uma enorme algazarra de vozes e risadas. Todas as mesas do salão, inclusive aquela em que ele se sentava todo dia, estavam ocupadas, a maioria por rapazes que vestiam a mesma camiseta azul e branca. Parou intrigado. Enzo chegou.

— Mudei a mesa de vossenhoria para a salinha.

— Quem são?

— São os jogadores do Vigàta.

Montalbano não entendia nada de futebol. Na salinha cabiam duas mesas, as duas desocupadas. Melhor assim, comeria em paz. Pediu o antepasto. Enquanto esperava, apareceu um rapaz de uns vinte e cinco anos, de camiseta azul e branca.

— Com licença, comissário.

— Entre.

O rapaz entrou. Estava intimidado. Ficou em pé.

— Pois não?

— Meu nome é Nicola Piscopo e sou sobrinho de Saverio Piscopo. Se vossenhoria pudesse me fazer um favor...

— Do que se trata?

— Hoje de manhã perguntei lá no hospital de Montelusa se podia passar a noite com o meu tio e me disseram que não. Se vossenhoria pudesse dar uma palavrinha...

— Não tenho esse poder. De qualquer maneira, o seu tio está sendo bem atendido no hospital.

— Do atendimento tenho certeza. Meu medo é de outras coisas.

Entenderam-se pelo olhar.

— Se isso puder tranquilizá-lo, fique sabendo que pedi autorização para pôr um guarda armado no quarto do seu tio.

— Obrigado — disse o rapaz.

Fez uma meia inclinação e saiu.

Começo da tarde, Jannaccone apareceu no comissariado.

— Como terminamos o trabalho e estamos voltando para Montelusa, de passagem…

Ele não era obrigado a apresentar relatório a Montalbano, aquela era uma cortesia que lhe fazia.

O comissário agradeceu e mandou chamar Fazio.

— Demoramos todo esse tempo — começou Jannaccone — porque teimamos em procurar uma coisa que deveria obrigatoriamente existir, mas que não conseguimos encontrar. Só no fim achamos a explicação.

— Desculpe, Jannaccone — disse Montalbano, que não tinha entendido lhufas. — Não encontrou o quê?

— As impressões do homem idoso.

Foi como se tivesse disparado um revólver. Montalbano e Fazio ficaram de boca aberta.

— Parece absurdo, mas é isso — continuou Jannaccone. — Vou dar só um exemplo. Na mesinha de cabeceira do homem ficava o frasco de um remédio para o coração. Pois bem, nenhuma impressão digital, nem no copo que estava ao lado.

— Os assaltantes apagaram?

— Logo me convenci de que não. Teria sido praticamente impossível apagar as impressões digitais de um homem que mora há meses numa casa, ainda por cima em pouco tempo. E só desse homem, veja bem, deixando as do casal Nicotra.

— E agora?

— Resolvemos o mistério quase por acaso, porque tive a ideia de ir vasculhar na lixeira. Achamos dois pares de luvas de pano muito sujos. Evidentemente, o homem sempre usava luvas, não tirava nunca, por nenhum motivo, nem quando ia para a cama e dormia.

— Encontraram luvas ainda sem usar?

— Não. Talvez o estoque tivesse terminado e provavelmente naquele dia mesmo iam comprar novas.

— Isso significa — observou Montalbano — que, se esse homem se preocupava tanto em não deixar impressões digitais, é porque elas estão registradas.

— Também acho — disse Jannaccone. — E quero dizer outra coisa estranha. Na gaveta da mesinha de cabeceira do idoso havia um revólver calibre 9 de fabricação russa.

— Isso confirma que esse homem não era nenhum santo — disse Fazio.

— Mas o interessante — continuou Jannaccone — é que outro revólver idêntico estava na gaveta da mesinha de cabeceira de Nicotra.

— Armas russas? — quis confirmar o comissário.

— Sim.

— Pode ser que tenham chegado pelo mesmo caminho pelo qual chegam as kalashnikov — concluiu Fazio.

— Em suma, como se fosse armamento regular — disse Montalbano.

— Exatamente — assentiu Jannaccone.

— Ainda mais que, pelo que sei, Nicotra não tinha porte de armas — interveio Fazio.

— Quanto ao resto, impressão digital é o que não falta. Vai ser um trabalho demorado de comparações e cotejos. Vamos ver se temos mais sorte com o sangue do travesseiro.

— Uma última pergunta. A cápsula que você pegou na frente da porta da casa, de que fabricação é?

Jannaccone sorriu.

— Não, doutor, em Nicotra atiraram com uma italianíssima Beretta. O nosso patriotismo está salvo.

— O que acha disso?

— O mais simples. Que quem entregou o idoso para Nicotra cuidar tinha pensado na possibilidade de um ataque e forneceu armas aos dois. Mas eles não tiveram tempo de reagir. Então a pergunta acaba sendo sempre a mesma: quem é o homem idoso? Com outra pergunta acessória: por que essa pessoa tem tanto valor?

— E como se responde?

— Em primeiro lugar, procurando clarear as ideias. Vamos começar com uma triagem. Quero que você descubra, até amanhã de manhã, nome, sobrenome e idade dos mafiosos foragidos da província.

— Mas vossenhoria disse que não podia ser um foragido.

— Era uma suposição. E ainda estou convencido dela. Agora vamos tentar confirmar.

— Atrapalho? — perguntou Augello da porta.

— Não, Mimì, entre. O que o promotor disse?

— De manhã aquele grande sacana me fez esperar três horas e não me recebeu.

— Jacono tem esse vício.

— De tarde finalmente se dignou me conceder meia hora, mas não houve jeito de se convencer a pôr um homem guardando Piscopo no hospital.

— Por quê?

— Porque encasquetou e pronto. A propósito, passei pelo hospital. A operação foi bem-sucedida, ele vai se recuperar. Ouvi um médico dizendo isso aos jornalistas e aos repórteres da televisão.

— Então vão tentar matá-lo de novo. E vão fazer isso o mais depressa possível, para pegar a gente de surpresa. Até esta noite mesmo, assim a coisa faz mais efeito, e quem tem a intenção de falar cala a boca.

— Pode crer.

Montalbano tinha dito uma coisa ao sobrinho de Piscopo, era como se tivesse feito uma promessa e agora precisava cumprir.

— Então vamos fazer o seguinte. Escolha. Ou das onze às duas ou das duas às cinco.

— Não entendi.

— Vamos nós dois montar guarda. Não temos autorização, mas ninguém pode impedir. Além do mais, como somos voluntários, não estão nem obrigados a pagar hora extra.

— E eu? — perguntou Fazio.

— Você fica para a próxima noite.

— Escolho o primeiro turno — disse Augello.

— Então se informe em que ala está...

— Sei tudo. Terapia intensiva. Segundo andar à esquerda. Está num quarto sozinho, o 18.

Voltou cedo para Marinella, comeu só as berinjelas à parmegiana para ficar mais leve, deu um boa-noite rapidinho a Livia, que lhe pareceu ter melhorado bem com a presença do cachorrinho, e foi se deitar.

Dormiu bem três horas, e o despertador esgotou a carga à uma hora, antes que ele conseguisse abrir os olhos.

Fez uma higiene geral, não se barbeou, em compensação bebeu duas canecas de café e partiu para Montelusa. Não havia trânsito.

Às cinco para as duas parou o carro no estacionamento quase deserto do hospital, pegou o revólver no porta-luvas, pôs no bolso, saiu do carro, entrou.

— Aonde vai?

No saguão havia um guarda noturno sentado atrás de um balcão com quatro telefones e outros petrechos.

— Sou o comissário Montalbano.

— Ah, sim. O seu colega avisou. Pode subir.

Naturalmente, como sempre lhe acontecia nos hospitais, pegou o elevador errado. Desistiu e foi pela escada. No corredor, a meia-luz mais escurecia que alumiava. A porta do quarto 18 estava fechada. Ele bateu de leve.

— Quem é?

— Montalbano.

A porta se abriu, Augello apareceu.

— Entre.

O quarto estava dividido por uma parede de vidro com porta.

Do lado de lá, que era a parte mais espaçosa, estava aquele que devia ser Piscopo, de cabeça enfaixada, com grande quantidade de fios que partiam de seu corpo e iam acabar dentro de umas máquinas misteriosas que faziam um zunzum de mosca.

Do lado de cá só havia espaço para uma mesa e duas cadeiras. Estas Mimì tinha ajeitado para se sentar numa e esticar as pernas em cima da outra.

— Como foi?

— Uma chatice danada.

— Melhor assim.

Despediram-se, e Augello saiu.

A primeira coisa que o comissário pensou foi que não tinha levado nada para ler. Grande erro. Três horas sem fazer nada iam demorar uma vida para passar.

A segunda foi que, se ficasse no máximo uma hora olhando para Piscopo, ajambrado daquele jeito, parecendo figurante de filme americano em hospital, é certeza que ia acabar louco, batendo a cabeça na parede.

De qualquer modo, concluiu que pela porta principal seria impossível entrar sem ser interceptado pelo guarda. Talvez fosse mais fácil entrar passando pelo pronto-socorro.

Mas ficar fechado naquele quarto, como Mimì tinha feito, não era o mais correto. Ficar ali encurralado junto com o alvo do eventual assassino significava ter pouco espaço de ação.

Então pegou a cadeira e a pôs para fora, no corredor, saiu do quarto, fechou a porta e se sentou.

Depois de pouco tempo seus olhos começaram a querer se fechar. Mãe do céu, ele estava ficando com sono!

Ouviu a aproximação de passos, se endireitou na cadeira, era uma enfermeira que entrou num quarto vizinho, ficou lá uns dez minutos, saiu e percorreu o corredor de volta, silenciosamente.

Montalbano começou a sentir uma vontade irresistível de fumar. À direita, depois de outros três quartos, o corredor acabava numa porta-balcão. Se conseguisse abri-la, poderia fumar, ficando comodamente de olho no quarto 18.

Levantou-se, foi até a porta-balcão, virou a maçaneta. Abria.

Então deu um jeito de ter espaço suficiente para ficar com metade do corpo fora e metade dentro.

Estava para pegar o maço de cigarros quando percebeu que o terracinho servia de patamar para uma escada de incêndio.

Parou, pensativo.

Ainda bem que tinha ficado com vontade de fumar! Porque a escada de incêndio, na qual não tinha pensado, era o melhor caminho para entrar no hospital sem ser visto.

Mas nem ele queria ser visto de fora. Se bem que era pequena a probabilidade, por causa da escuridão.

Foi pegar a cadeira e a pôs na frente da porta-balcão. Sentado, era impossível ser visto de fora.

E finalmente pôde acender o cigarro.

Tinha quase terminado de fumar quando ouviu distintamente, no silêncio absoluto da noite, um ruído metálico vindo da escada de ferro. Durou um momento e depois parou.

O que poderia ter sido?

Depois entendeu. A última parte da escada, quando era puxada para chegar até o chão, fazia aquele barulho.

Ele estava ouvindo bem, muito bem, mas que surdo que nada!

Portanto, alguém vinha subindo.

E agora, como devia agir? Sair e impedir a passagem dele ou esperar que ele chegasse até a porta-balcão?

Preferiu a segunda.

Fechou a porta devagarinho, afastou a cadeira, puxou o revólver e ficou bem encostado na parede aonde chegava menos daquela luz fraca de uma lâmpada distante.

Esperou.

Depois de um tempinho, apareceu um homem no patamar e abriu a porta-balcão, lenta e cautelosamente.

Mal teve tempo de dar um passo para dentro do corredor, Montalbano se postou na frente dele, empunhando o revólver.

— Polícia! Fique onde está!

Por uma fração de segundo, o homem ficou como que paralisado.

Depois reagiu, instantâneo e silencioso, dando um tremendo murro na cara de Montalbano.

A pancada foi tão violenta que o comissário cambaleou e recuou alguns passos, enquanto o sangue começava a escorrer do nariz socado.

Enquanto isso, o homem saía para o patamar e descia a escada correndo.

O comissário, ainda aturdido, saiu também e gritou:

— Pare ou atiro!

Mas o homem não se deu por achado e continuou descendo as escadas de dois em dois degraus.

Montalbano fez o mesmo.

O homem chegou ao chão e começou a correr para o estacionamento.

Montalbano também chegou ao chão e nesse instante um comparsa do homem, cuja presença ele não tinha percebido, lhe sentou uma tremenda pancada na nuca com a coronha do revólver.

Montalbano caiu, derrubado como um bezerro no matadouro.

Não soube por quanto tempo ficou desmaiado.

Voltou a si com muita dor de cabeça. Estava com a camisa e o paletó sujos de sangue. O sangue devia ter escorrido da nuca.

O silêncio era total, ninguém tinha se dado conta do acontecido.

Conseguiu ficar em pé e foi trôpego para o pronto-socorro. Estava fulo da vida.

Ficou um pouquinho mais calmo quando não encontraram nenhuma fratura, e ele se safou com três pontos de sutura no cangote.

— Santa mãe! Mãezinha do céu! O que foi, dotor, hem? Trombada de carro, foi? Está com um nariz que parece, com todo o respeito, uma berinjela! Dói?

— Sim, foi trombada, mas nada grave. Mande o Augello e o Fazio para a minha sala e pode ligar para o promotor Jacono.

Fazio e Augello entraram e se admiraram.

— Mas o que foi? — perguntou Mimì.

— Foi que você tem um rabo deste tamanho.

— E o que tem a ver?

— Tem a ver, porque, se você escolhesse o segundo turno de guarda, a esta hora quem tinha nariz de berinjela e três pontos no cangote era você.

— Mas que ideia é essa? Foi puro acaso! — protestou Augello.

O telefone tocou. Era Jacono. Montalbano ligou o viva-voz.

— Doutor, estou telefonando para informar que esta noite um indivíduo entrou no hospital de Montelusa para assassinar Piscopo.

Jacono deve ter ficado surpreso, pois falou depois de um tempinho de silêncio.

— O que é que você está dizendo? Quem lhe disse?

— Ninguém me disse porque fui eu que pus o homem em fuga.

— O senhor estava fazendo o quê no hospital?

— Montando guarda para o Piscopo. E, antes de mim, quem fez isso foi meu subordinado direto, o doutor Augello, que tinha ido falar com o senhor para pedir que ordenasse proteção adequada para Piscopo. Coisa que o senhor recusou categoricamente. Se não fôssemos nós, o senhor agora precisaria responder aos seus superiores por uma falta gravíssima.

— Bom. Eu não pensei que...

— Agora mudou de opinião?

— Bom, parece que os fatos...

— Então me permita um conselho. Mande transferir Piscopo para outro hospital, mantendo a transferência em segredo. Se ele ficar ali, os caras vão tentar de novo, com guarda ou sem guarda. Bom dia.

Desligou, sentindo-se aliviado.

— E agora diga o que aconteceu — disse Mimì.

Montalbano contou tudo a eles.

— Mas o homem, quando entrou, tinha arma na mão? — perguntou Fazio.

— Não, não tinha. Não podia andar pelo corredor com uma arma à vista. Se de algum quarto saísse um médico ou uma enfermeira... Mas é certeza que estava armado, como o cúmplice no pé da escada.

— Enquanto descia a escada atrás dele, por que não atirou? — perguntou dessa vez Augello.

— Porque percebi que eles não tinham nenhuma intenção de atirar em mim nem de fazer estardalhaço. A tarefa deles era liquidar Piscopo na calada, terminando o serviço que tinham começado.

Oito

Depois Montalbano se voltou para Fazio, abriu a boca, mas ele não lhe deu tempo nem de soltar uma sílaba.

— Já está feito — disse.

O sangue subiu à cabeça do comissário, que ficou cego de raiva.

Quando Fazio dizia essas malditas palavras, ele mal conseguia se controlar. Dessa vez, as represas se romperam.

— Cacete de um cacete! — explodiu, dando um murro na escrivaninha.

Fazio e Augello primeiro se entreolharam intrigados, depois se viraram para o comissário com cara de interrogação.

Montalbano percebeu que precisava dar uma explicação, com certeza não a verdadeira. Mas, como acontecia muitas vezes nessas ocasiões, não lhe veio nada à cabeça.

Então enrolou.

— De repente lembrei que... de repente esqueci de lembrar que... Nada, meninos, um assunto pessoal. Desculpem, vamos adiante. O que é que eu estava dizendo?

— Estava me perguntando se eu tinha feito a lista...

— ... dos mafiosos foragidos, sim, agora me lembro. Fez?

— Fiz — respondeu Fazio.

E tirou uma folha do bolso. Mas, antes de começar a ler, quis tranquilizar o comissário, que já estava olhando de cara feia.

— Nenhum dado de registro civil, à parte nomes, sobrenomes e idades.

— Um momento — interrompeu Augello. — Eu também posso saber do que estão falando?

O comissário explicou tintim por tintim. E finalmente Fazio pôde ler.

O resultado foi que os foragidos na província eram seis: três na casa dos trinta anos, dois dos quarenta e um só, Pasquale Villano, de sessenta e cinco anos.

— Pelos ternos do guarda-roupa, o único provável é Pasquale Villano — concluiu Fazio.

— Eu me lembro desse nome — disse Augello. — Esperem, vou ver uma coisa.

Levantou-se, saiu da sala e voltou depois de um minuto com uma fotografia na mão.

— Estava afixada no corredor com as dos outros procurados — disse, pondo a foto na frente de Montalbano.

Ele olhou e disse:

— Não pode ser ele.

— Por quê?

— Porque aqui está escrito que tem 1,49 metro de altura, ao passo que os ternos do guarda-roupa são de um homem de estatura normal. Portanto, está confirmado que não se trata de um foragido desta província.

— E, consequentemente, nem de uma pessoa que está cumprindo pena em regime aberto — disse Augello.

— Portanto, não estava se escondendo para não ser pego por nós — concluiu Fazio.

— Mas tenha em mente — disse o comissário — que era um esconderijo relativo.

— Relativo em que sentido? — perguntou Augello.

— No sentido de que algumas pessoas iam lhe fazer visita, disso soubemos com certeza, em pleno dia e sem tomar precauções especiais. Amigos ou parentes que sabiam onde ele estava.

— Então — disse Augello — eu me pergunto se, em vez de esconderijo, não se tratava de reclusão voluntária.

— Explique melhor.

— É difícil... Suponha que alguém diz que vai sair de circulação, não vai aparecer por aí durante certo período se, em compensação, for feita determinada coisa...

— Poderia ser. Mas como se explicam as armas que tinham sido fornecidas para eles? Será que existia alguém absolutamente contrariado com esse acordo que você está imaginando?

— E por que não? Alguém que queria que as coisas tomassem outro rumo.

— Minha cabeça está começando a doer — disse Fazio.

— Imagine a minha então que já está doendo por conta própria — disse o comissário.

O telefone tocou.

— Dotor, se trataria que na linha está o senhor Gambabella o qual gostaria...

— Passa.

— Doutor Montalbano?

— Sim. Tentei falar com o senhor, mas não...

— Estou sabendo de tudo. Gostaria de falar com o senhor. Hoje à noite eu poderia...

— Às oito e meia está bem?

— Está ótimo, obrigado.

Desligou. A breve conversa com Gambardella lhe tinha recordado uma coisa.

— Sabe se o canteiro de obras da adutora ainda está interditado? — perguntou a Fazio.

— Não, não está mais.

— Então voltaram a trabalhar?

— Não me consta.

— Como é essa de continuarem parados?

— Sinceramente, não sei.

— Sem dúvida, é muitíssimo estranho. Cada dia parado é um enorme prejuízo.

— Hoje mesmo vou procurar saber alguma coisa.

— Doutor, o que aconteceu? Que foi que fez na cabeça? — perguntou Enzo assim que o viu entrar no restaurante.

— Nada, uma bobagem. Escorreguei e caí.

— E como foi que se machucou o nariz e a nuca ao mesmo tempo?

Ih, que coisa chata!

— Primeiro bati na frente e depois atrás.

Nenhuma outra pergunta a não ser:

— O que vai querer hoje?

Tinha passado no exame. Comer contra a vontade era coisa que na vida só tinha lhe acontecido no máximo quatro ou cinco vezes, mas com aquele dia o número de vezes ia para seis.

E o fato de não conseguir a achar uma explicação piorava as coisas.

Para espairecer, decidiu dar o costumeiro passeio pelo cais até o farol. O sol se escondia atrás das nuvens, e o mar era cinza. O mau humor do comissário ficou pior ainda.

Sentado na pedra achatada, acendeu um cigarro.

Nessa mesma pedra, mas rente à água, estava um infalível caranguejo, que ele de vez em quando aporrinhava atirando pedrinhas.

— Não estou com vontade de brincar — disse-lhe. — E você me faria um enorme favor se me deixasse sozinho.

Gentilmente, o caranguejo desapareceu debaixo da água.

E naquele instante preciso, vai saber por quê, ele entendeu o motivo do seu mau humor.

Estava fazendo uma investigação com exatamente o mesmo entusiasmo que sentia quando assinava os papéis oficiais.

É verdade que interrogava pessoas, fazia inspeções, discutia com Fazio, de vez em quando rachava a cabeça, mas era como se o verdadeiro Montalbano tivesse ido para outro lugar, delegando suas tarefas a uma cópia ruim de Montalbano, uma cópia sem intuições e ideias, incapaz de estabelecer nexos e fazer deduções audazes, sem ímpeto, sem paixões, sem vitalidade.

Por que estava acontecendo aquilo?

Canseira da velhice?

Não, não podia ser essa a razão, porque, se fosse, ele teria entendido logo e sua honestidade o obrigaria a pedir imediata demissão.

Então, onde estava o verdadeiro Montalbano?

A resposta, bem clara, ele soube no mesmo momento em que fazia a pergunta.

Em Boccadasse, era onde estava.

Ao lado de uma pobre mulher doente e desesperada, fazendo-lhe companhia, dando conforto, amor...

Era esse pensamento constante, sempre presente, como um peso calcando o coração e o cérebro, que não lhe permitia ser lúcido, rápido para captar até mesmo a tremulação de uma folha, para perceber quando dois mais dois não são quatro, de ser ágil nas reações.

E então, Montalbà, como vai sair dessa?

Fazendo a mim mesmo uma promessa solene. É assim que posso sair dessa.

Vou me dar o tempo de mais um dia. Depois, se continuar me sentindo assim, delego tudo sem pensar duas vezes. A Mimì Augello.

E parto para Boccadasse. E fico ali até Livia voltar a ser como era antes.

— Doutor, dizem várias coisas por aí, mas numa pelo menos todos concordam.

— E o que dizem?

— Dizem que o trabalho no canteiro de obras da adutora foi suspenso por ordem oficial depois de uma vistoria de surpresa feita por três inspetores do governo da região.

— Mas quando fizeram essa vistoria?

— Exatamente na tarde do dia seguinte à descoberta do cadáver na galeria.

— Um momento. Mas como podiam fazer a vistoria se o canteiro de obras ainda estava interditado?

— É verdade, mas só a galeria estava interditada. E os inspetores da região só precisaram ver a galeria de fora para dizerem que não estava de acordo com o estabelecido no documento que aprovou o contrato de empreita.

— E como deveria ser?

— Vossenhoria viu como os três tubos estavam colocados?

— Estavam enterrados.

— Exatamente. Tinham sido enfiados na terra bruta. E não deveriam estar assim. De acordo com o contrato, deveriam estar dentro de uma verdadeira galeria de cimento, suficientemente alta para facilitar a reparação em caso de rompimento.

— Então agora precisam tirar os tubos, fazer a galeria de cimento e depois colocar os tubos novamente?

— Exato.

— E por que não fazem isso?

— Porque a Rosaspina diz que a culpa não foi dela, mas do governo da região, que ainda não lhe pagou o que foi estipulado na metade da obra, e por isso ela foi obrigada a dar um jeito para não perder tempo. Agora, como o custo do material aumentou, se quiserem a galeria de cimento, o orçamento vai aumentar. Mas o governo não está nem um pouco a fim de desembolsar mais dinheiro.

Montalbano ficou pensando um momento, depois disse:

— Interessante mesmo.

— O quê?

— O momento da vistoria.

— Na sua opinião, existe relação entre o assassinato de Nicotra e a ida dos inspetores?

— Não é uma opinião, é uma sensação.

— Pode dizer?

— Suponha que dois grupos concorrentes façam um acordo secreto para um deles executar certa obra. Esse acordo se baseia num equilíbrio difícil, por isso nenhum dos dois pode descumprir. Mas, a certa altura, acontece um fato que desequilibra todas as coisas. Tudo precisa recomeçar da estaca zero, com novas regras. Os inspetores que vieram de Palermo – como dizer? – congelaram a situação.

— E, na sua opinião, o que vai acontecer se, suponhamos, não se chega a novo acordo?

— Então os dois grupos voltam a ser inimigos. Eu não disse que tinha a impressão de que havia negociações em andamento? Tenho absoluta certeza de que daqui a uns dias vamos entender como ocorreram as coisas. E aí também vamos poder começar a agir.

O telefone tocou.

— Dotor, se trataria que in loco está o advogado Varbarera Nino o qual gostaria de falar com vossenhoria em pessoa pessoalmente.

— Espere um momento.

E depois, para Fazio:

— Você conhece um advogado chamado Varbarera Nino?

— Deve ser o advogado Nino Barbera, do conselho de administração da Rosaspina, aquele que recomendou..

— Sim, lembro. Está bem, Catarè, traga aqui.

O advogado Barbera era um homem de uns cinquenta anos, baixote, elegante, engomadinho, jeito confiante.

Feitas as devidas e cerimoniosas apresentações, o comissário o convidou a sentar-se à sua frente e, com um sorriso amigável, ficou esperando que ele começasse a falar.

— Doutor, não sei se o senhor sabe que sou membro do conselho de administração da Rosaspina, firma na qual trabalhava o pobre Gerlando Nicotra.

Montalbano não disse nem a nem b, continuou olhando, com o mesmo sorriso afável.

— Antes de mais nada, devo dizer que fui eu que insisti para que Nicotra, que trabalhava na empresa da qual a nossa é sucessora, continuasse trabalhando para nós. Não tenho nenhum motivo para esconder que recebemos fortes pressões nesse sentido do deputado Carratello, assessor do

Departamento de Obras Públicas e meu grande amigo. O pobre Gerlando logo mostrou ser um funcionário consciencioso, honesto, dedicado ao trabalho, dono de raras capacidades... Uma perda realmente irreparável.

Montalbano continuava sorrindo sem falar. Parecia extasiado, não mexia um só músculo.

— Mas vou ao finalmente. O cofre da empresa fica na minha sala. Além do dinheiro líquido, guardamos lá documentos contábeis importantes. Quem tinha as chaves desse cofre éramos eu e o pobre Nicotra. Dentro do cofre eu também guardava minha pistola, uma Beretta. Tenho porte de armas. Pois bem, ontem, abrindo o cofre pela primeira vez depois da trágica morte do pobre Nicotra, descobri, para grande espanto, que a arma não está mais lá.

Montalbano ainda ficou imóvel por alguns segundos. Depois se mexeu.

— Olhou bem? — perguntou muito sério.

— Mas claro!

— E não estava?

— Não estava!

— Verificou se por acaso não entrou em alguma pasta?

— Verifiquei!

— E quem poderia ter pegado?

— Eu lhe disse quem tinha as chaves, não?

Mas o comissário, que estava se deliciando, queria que o próprio advogado proferisse o nome.

— Sim, mas isso não significa nada. O senhor pode ter emprestado a chave provisoriamente a alguém que...

— Fora de cogitação.

— O pobre Nicotra pode ter emprestado.

— Isso também está fora de cogitação.

— E agora?

E o advogado, pressionado, finalmente decidiu.

— Lamento precisar dizer o que vou dizer. Mas só Nicotra pode ter pegado.

— O pobre Nicotra — corrigiu Montalbano.

— Ah é, sim, certamente.

— Para fazer o quê, na sua opinião?

Pela primeira vez, depois de entrar, o advogado pareceu um pouco menos confiante.

— Mas talvez... vou repetir o que ouvi dizer, escute bem... em suma, por aí corre insistente boato de que Inge, a mulher dela, belíssima mulher, alemã, tinha um amante... e então pode ser que ele, vindo a saber, louco de ciúme...

— Entendi. Na sua opinião, teria se apoderado da pistola para atirar no amante?

— Não vejo outro motivo...

— Só que, em vez de ele matar o amante da mulher, foi o amante da mulher que o matou.

O advogado Barbera abriu os braços e deu um suspiro profundo, em sinal de resignação.

— Infelizmente foi isso.

— Sabe de uma coisa? O pessoal da perícia encontrou uma cápsula na frente da porta da casa do pobre Nicotra. Acham que o pobre Nicotra foi morto com uma arma de fabricação italiana. Pode se tratar da sua Beretta.

O advogado fez cara de desconsolo.

— Se eu tivesse previsto...

— O que fazer? Paciência. O senhor não tem nenhuma responsabilidade.

Voltou a sorrir afavelmente para ele.

— Escute, agora vá até lá com Fazio e faça o comunicado de furto da sua arma. Agradeço penhoradamente a colaboração.

Fazio demorou pouquinho para registrar a ocorrência. Voltou logo para a sala do comissário. Tinha uma pergunta para fazer, ela estava na sua cabeça fazia tempo.

— Por que não disse ao advogado que a história da pistola não se sustentava, porque Nicotra já tinha uma arma?

— Pense bem, Fazio. Barbera veio aqui sondar, fazer uma espécie de teste. Queria ver como eu reagia, se eu engolia. E eu fiz de conta que engoli. E ele agora vai dizer por aí que eu acreditei na história da pistola. Então eles dão outro passo. Porque está claro que estamos nas primeiras cenas de um teatro que eles vão armar. Apesar de tudo, sem querer, o advogado revelou uma coisa bem importante.

— Qual?

— Que eles não sabiam e continuam não sabendo que tanto Nicotra quanto o hóspede dele estavam armados.

— E isso aonde leva?

— Leva a que temos na mão um bom trunfo para descartar no momento certo do jogo.

Quando chegou a Marinella, a primeira coisa que fez foi telefonar para Livia. Tinha medo de se demorar com Gambardella e Livia ir dormir.

O telefone tocou muito tempo sem ninguém atender. Livia podia não ter passado bem o dia e já ter ido se meter debaixo das cobertas, desconectando a tomada do telefone e do mundo exterior. Tinha decidido desligar, quando ouviu:

— Alô! Alô!

Era a voz de Livia, um pouquinho ofegante, mas forte e clara como ele não ouvia fazia tempo.

— Desculpe, Salvo, mas estava abrindo a porta e ouvi o telefone tocar e...

— Estava fora?

— Sim. Estou cansadíssima.

— Mas você ficou muito tempo fora?

— Sim. Faz quatro horas que...

Mal acreditava no que estava ouvindo. Fazia meses que, se ela saísse por meia hora, era um milagre!

— ... estou batendo perna por aí. Por causa de Selene.

— Quem é Selene?

— Ah, é, não disse.

— Deu o nome de Selene para o cachorro?

— Sim.

— Mas Selene é nome feminino!

— E a Selene é cadela. Está meio doentinha, por isso eu quis consultar dois veterinários. Espere um pouco, Salvo, agora que estou pensando: você acha mesmo que eu sou tão burra que não sei o que significa Selene?

Santa Maria, que beleza! Que surpresa magnífica! Na voz de Livia tinha voltado a soar aquela nota especial que indicava o início de uma briga. Tomara Deus essa Selene tivesse feito o milagre! Quis verificar e provocou.

— Se fosse comigo, e não com Selene, aposto que você não teria chamado dois médicos.

— Mas que bobo que você é! Agora deu para se comparar a cachorro?

Bobo! Ela tinha chamado de bobo! Palavra santa e abençoada!

Livia já estava recuperada, não restava dúvida.

— Estava brincando, meu amor.

Acabaram de um jeito que melhor era impossível.

Assim que desligou, o comissário estava tão contente que sentiu a tentação de dar uma pirueta. Mas, por sorte, se conteve. Se não, é certo que ia precisar ser levado para o hospital e receber mais pontos na cabeça.

Estava indo para a cozinha ver o que Adelina tinha deixado para ele, quando tocaram a campainha. Foi abrir.

Nove

Os dois concordaram que, apesar de a noite estar bonita, não seria prudente se sentarem na varanda, qualquer um que passasse pela praia podia vê-los.

— O que aconteceu? — perguntou Gambardella, olhando a cara dele.

O comissário não teve dificuldade para lhe contar tudo o que tinha acontecido no hospital.

— Com esse método, eles amedrontaram todo mundo e abriram um vácuo ao meu redor — comentou Gambardella. — Minha investigação está praticamente parada. No entanto, haveria muito que descobrir, até por causa de uma coisa que aconteceu anteontem.

— Não estou sabendo.

— Poucos meses atrás a Albachiara ganhou a concorrência para a construção de uma casa de detenção na zona de Riguccio, entre Montelusa e Vigàta. Faz quinze dias que instalaram o canteiro de obras, mas anteontem os trabalhos foram suspensos.

— Por quem?

— Pelo governo.

— Com que motivo?

— Não sei... Parece que uma cláusula importante, acrescentada de comum acordo, tinha sido omitida, por erro ou de propósito, na cópia do contrato que estava com a Albachiara.

Nesse ponto, pela cabeça de Montalbano passou um pensamento veloz como uma estrela cadente. Mas ele não conseguiu segurar esse pensamento. Ficou chateado. Em outros tempos, isso não aconteceria.

Mas à mente lhe veio outra coisa. E ele disse logo, com medo de esquecer.

— Se não me engano, disse que queria entrar em contato com uma pessoa indicada pelo Piscopo...

— Sim, o ex-mestre de obras Filippo Asciolla. Piscopo contou que Asciolla tinha sido demitido pela Albachiara por uma discordância com o responsável pela obra e que queria se vingar.

— Falou com ele?

Gambardella fez uma careta.

— Infelizmente, demorei algumas horas para lhe telefonar, e foi o que bastou para ele ficar sabendo sobre o Piscopo. Portanto, percebeu que era arriscado ter contato comigo.

— O que ele fez?

— Logo cortou a ligação dizendo que não tinha nenhuma declaração para dar sobre o seu trabalho com a Albachiara, e que não o importunasse mais.

— Portanto, esse canal está fechado?

— Não exatamente. Logo depois lhe mandei um bilhete, me comprometendo solenemente a nunca mencionar o nome dele e a manter nosso eventual encontro em absoluto sigilo, caso ele decidisse me dizer alguma coisa.

— Recebeu resposta?

— Sim. Esta.

Tirou do bolso uma folha dobrada e entregou ao comissário. Era uma fotocópia.

Senhor Gambardella,

Aviso que, se não parar de me telefonar o tempo todo, vou ao comissariado denunciá-lo por assédio.

Prometendo muito dinheiro, o senhor quer me convencer a declarar uma coisa que não é verdadeira, ou seja, que fui demitido da Albachiara porque não estava de acordo com o uso de material ruim na construção do conjunto educacional de Villaseta. Isso é falso. A causa da minha demissão foi a discussão que tive com o engenheiro Riggio, responsável pelas obras, por motivos que não dizem respeito à qualidade do material.

Espero ter esclarecido tudo e não ser mais procurado pelo senhor.

Asciolla Filippo

— É muito clara. Vai saber quem mandou escrever isto — comentou Montalbano.

— Sei que ele tem uma filha muito bonitinha e inteligente, que está no último ano do ensino médio.

— O senhor ofereceu dinheiro?

— Claro que não.

— Quantos telefonemas lhe deu?

— Um só, sem nem mencionar por que queria me encontrar com ele. Foi ele que me disse que não tinha nada para revelar sobre o trabalho na Albachiara.

— Então esta carta tem um objetivo preciso. Asciolla quer que se saiba publicamente que não pretende colaborar com o senhor. É uma iniciativa muito esperta.

— Foi o que eu também entendi. E dei uma mãozinha ao Asciolla.

— Como?

— Isso que o senhor leu é uma cópia. O original eu pus no bolso hoje pela manhã e fui para a sede da Albachiara. Como jornalista, queria saber o motivo da interrupção das obras. Mas uma espécie de porteiro me impediu de entrar porque eu não tinha hora marcada. Eu protestei, esbravejei e, puxando o lenço, deixei cair no chão o envelope com a carta original. Tenho certeza de que a esta hora o conselho de administração da Albachiara já tomou conhecimento dele.

— Também tenho. O que pretende fazer?

— Não vou me mexer. Preciso mostrar que interrompi qualquer contato com o Asciolla. Cabe a ele dar o passo seguinte.

Conversaram mais um tempinho, Montalbano perguntou do filho dele e depois Gambardella se despediu.

Enquanto a comida esquentava no forno, ele foi fumar um cigarro na varanda. No céu havia uma lua enorme. Quando era pequeno, enxergava nela uma cara sorridente. Ficou olhando para ela demoradamente, até que, com muita boa vontade e certa dose de autossugestão, teve a impressão de rever a cara sorridente.

Voltou para dentro, de um armário onde guardava os vinhos pegou uma garrafa de prosecco e a pôs no freezer.

Aprontou a mesa na varanda e comeu devagar, saboreando cada garfada até o fundo da alma. Depois tirou a mesa, mas deixou lá o copo, levou tudo para a cozinha e voltou com a garrafa. Destapou.

No silêncio, que o constante e leve rumor da ressaca tornava mais denso, o barulho da rolha saltando soou seco, igualzinho a um tiro.

Ficou de pé, encheu o copo e depois, quase em posição de sentido, esticou o braço e o ergueu para a lua.

— Obrigado, Selene — disse.

Depois do telefonema de Livia, sabia que podia continuar a investigação com serenidade.

Bebeu três quartos da garrafa e foi dormir.

Um instante antes de pegar no sono, lembrou que, enquanto falava com Gambardella, pela cabeça dele tinha passado alguma coisa... alguma coisa...

O que era? Tarde demais.

Foi arrebatado pela espiral do sono e arrastado para o abismo.

Tinha acabado de se sentar à escrivaninha, o telefone tocou.

— Dotor, se trataria que está in loco o senhor Terrazzino o qual que gostaria de falar...

— Disse o que quer?

— Espere que vou perguntar.

E depois de um tempinho:

— Disse que ele, o senhor Terrazzino, seria que é o dono da casa no distrito de Rizzutello onde que morava o cadáver matado chamado Nicótira.

E o que ele podia querer? De qualquer modo, era melhor ouvir.

— Diga para entrar e mande o Fazio aqui.

Fazio e Terrazzino entraram ao mesmo tempo. Terrazzino tinha uns sessenta anos, era miúdo, mas se vestia bem. Fazio se sentou, mas Terrazzino, antes de se ajeitar na cadeira, ergueu as pernas das calças, segurando-as pelos vincos, e, depois de sentado, largou os vincos, alisou-os com os dedos, ajustou o paletó, a gravata e os óculos. Montalbano, que olhava para ele mudo, finalmente pôde abrir a boca.

— Pelo que entendi, o senhor Terrazzino...

— Para ser exato, um reparo: meu nome é Terrazzano, Emilio Terrazzano.

— Desculpe. O senhor seria dono da casa onde Nicotra morava com a esposa?

— Sim senhor. Mas, para ser exato, devo fazer um reparo. Sou um homem exato e organizado. Observe que, oito anos atrás, eu aluguei a casa à moça alemã, que, naquela época, ainda não era casada com Nicotra.

— Explique melhor.

— Para ser exato, quando Inge chegou a Vigàta tinha só vinte anos e era noiva de um pedreiro, certo Pino Pennisi. Depois de alguns meses ela o largou porque tinha se tornado amante de dom Gaetano Pasanisi. Também para ser exato, dom Gaetano a instalou naquela casa, mas, para evitar falatórios, quis que o contrato ficasse em nome da moça. Depois, seis anos atrás, dom Gaetano morreu, e a moça logo se consolou com Nicotra, que se casou com ela.

— Entendi. E, para ser exato, por que o senhor veio aqui?

— Sempre para ser exato, posso antes fazer uma pergunta?

— Claro.

— É verdade que não se tem notícia de Inge, e que o carro dela foi incendiado?

— Exato.

— Então estou aqui para dizer que ontem à noite recebi em casa um telefonema da Alemanha, de um advogado que falava em nome de Inge. Eram sete e meia, para ser exato.

Montalbano e Fazio ficaram bestas. Olharam um para o outro, espantados. Por essa não esperavam.

— Certeza que ele estava telefonando da Alemanha?

— Meu caro comissário, o número que aparecia no meu telefone não era daqui, e o homem falava italiano, mas o sotaque alemão era bem forte.

— O que ele queria?

— Comunicar a rescisão do contrato de aluguel e informar que, como o mês corrente foi pago antecipadamente, ainda estavam em meu poder as três mensalidades depositadas no ato da assinatura do contrato. Que eu verificasse o estado da casa, e, se não constatasse avarias ou estragos debitáveis, enviasse o dinheiro, por meio de cheque nominal a Inge, para o endereço do próprio advogado.

— Deixou o nome e o endereço?

— Aqui está.

Entregou um papel ao comissário. Estava escrito: "Adv. Rudolf Sterling, Wochenerstrasse 142, Bonn".

Montalbano devolveu depois de copiar.

— O que pretende fazer?

— Gostaria de saber se posso entrar na casa para ver com exatidão em que estado a deixaram e, se houver estragos, quantificar os gastos e subtraí-los do montante depositado como caução.

— Acho que não há obstáculos, principalmente se for acompanhado por nós. Mas o problema é que não há mais chaves. Vai ser preciso...

— Para ser exato, tenho uma cópia — disse Terrazzano. — Se nesses anos todos não tiverem trocado de fechadura...

Montalbano tomou uma decisão rápida.

— O senhor está livre?

— Estou.

— Vamos já — disse.

Na metade da estrada vicinal, o canteiro de obras abandonado era uma grande mancha suja e escura que se destacava no meio do verde que desde dois dias explodia com força irrefreável.

E aquela vida renovada, fresca e luzidia fazia o canteiro de obras parecer uma ferida infectada e incurável.

Foi então que voltou à mente de Montalbano, claro e bem definido, o pensamento que lhe havia ocorrido enquanto conversava com Gambardella e depois não tinha conseguido identificar de novo.

— Quando voltarmos para o comissariado, me lembre que preciso lhe perguntar uma coisa a respeito dos canteiros — disse, tocando no ombro de Fazio, que estava na direção.

Pararam diante da casa. Desceram.

Terrazzano, que já estava com a chave na mão, a inseriu na fechadura e girou. A porta se abriu. Entraram.

Fazio abriu as janelas. Por sorte, a perícia tinha deixado tudo em razoável ordem.

— Preciso olhar tudo com exatidão — anunciou Terrazzano.

— Não duvido — disse Montalbano.

Terrazzano levou duas horas verificando cada coisa, das torneiras e respectivo encanamento aos vasos sanitários e respectivas descargas, ao teto, ao forro, aos ladrilhos do chão, ao estado das paredes, com uma meticulosidade que às vezes deixava o comissário bem nervoso.

Quando voltaram para o térreo, deu na telha de Montalbano fazer uma pergunta.

— Para ser exato, o senhor sabia que, fazia alguns meses, os Nicotra tinham um hóspede permanente?

— Sabia. Quem me disse foi Inge, um dia que a encontrei casualmente. Para ser exato, foi na avenida Garibaldi.

— Ela disse quem era?

— Disse. Um tio. Ela ficou órfã muito jovem, e esse tio foi um segundo pai para ela.

Montalbano e Fazio não souberam o que dizer.

Naquela história nada mais fazia sentido.

— Podemos ir, acabei — disse Terrazzano.

Fazio fechou as janelas. Saíram. Terrazzano fechou a porta.

— Só me resta devolver todo o depósito — disse.

— E a garagem, não vai olhar? — perguntou Montalbano.

— A garagem não é minha. Para ser exato, nem tenho a chave.

— O que significa que não é sua?

— Significa que há uns seis meses, Inge me telefonou para pedir licença de construir uma garagem para o carro deles no terreno ao lado da casa, e eu consenti, desde que ficasse sob inteira responsabilidade deles.

— O senhor disse que faz cerca de seis meses. Pode ser mais exato?

Terrazzano pensou por um momento. Depois disse:

— Com absoluta exatidão. Faz seis meses e meio. Tenho certeza porque naquele dia...

Mas Fazio e Montalbano já não estavam ouvindo. Olharam-se nos olhos e se entenderam.

Porque, com a chegada do suposto tio, tinha sido preciso construir uma garagem.

Montalbano olhou para a garagem.

O pessoal da perícia tinha levantado a porta, mas deixado aberta, abaixada até tocar o chão.

As pernas dele se moveram sozinhas, sem receberem ordem do cérebro.

Ele se abaixou, agarrou os puxadores da porta e a levantou.

Mas a luz era pouca.

Ele deu um passo à frente, com a mão direita procurou o interruptor, apertou, mas a luz não se acendeu.

A lâmpada talvez estivesse queimada.

Deu dois passos para dentro.

Terrazzano entrou no carro, visto que a coisa, para ser exato, não lhe dizia respeito. Fazio, ao contrário, entrou na garagem e, instintivamente, apertou o interruptor.

Nada.

Fazio tentou duas vezes seguidas, e a lâmpada finalmente se acendeu.

Não havia praticamente nada para ver, a não ser, num canto, um par de pneus. Em cima de uma bancada, um martelo, três chaves de fenda, uma tenaz. No chão, um trapo sujo.

O piso de cimento, dividido em quadrados grandes, tinha no centro uma mancha de óleo de motor.

Fazio olhou para o comissário de modo interrogativo.

Por que ele estava imóvel, com os olhos meio fechados, como se escutasse uma canção ao longe?

Depois, sem se mexer, Montalbano disse em voz baixa:

— Fecha a porta.

Fazio obedeceu.

— Apaga a luz, mas aperta o interruptor só uma vez.

Estranhando, Fazio executou.

A luz não se apagou.

— Agora tenta de novo, mas apertando duas vezes seguidas.

A luz se apagou.

— Agora acende pressionando uma vez.

Continuou escuro.

— Tenta duas vezes.

A luz voltou.

Então Montalbano se aproximou do interruptor, que tinha o tamanho de um interruptor industrial e era coberto por um plástico grosso, mas transparente, ficou olhando bastante tempo, deu um passo atrás, continuou olhando pensativo. Fazio, para não atrapalhar, segurava a respiração.

Depois Montalbano perguntou:

— Por acaso você tem no carro alguma coisa pontuda para fazer um buraco na parede?

— Tenho não.

O comissário praguejou. Fazio continuou:

— Mas em cima daquela bancada estão um martelo e três chaves de fenda. A gente pode tentar.

— Então me traz o farolete que fica o tempo todo no carro, mas não deixa o Terrazzano perceber. E peça a ele que tenha mais um pouquinho de paciência. Daqui a uns quinze minutos a gente acaba.

Quando Fazio voltou, Montalbano pegou o farolete e pediu que ele abaixasse a porta e apagasse a luz com o método que agora conheciam.

Aí acendeu a lanterna.

— Está procurando o quê? — perguntou Fazio.

— Como você pode ver, os fios de eletricidade estão embutidos na parede. Mas, quando a parede é mal rebocada como essa, o traçado do corte onde estão os fios acaba aparecendo. E, com a luz do farolete, esse traçado se nota melhor. Agora, partindo do interruptor, vamos olhar para cima, sempre seguindo a perpendicular.

— Está ali — disse Fazio na hora.

— Onde? — perguntou Montalbano.

— É, tipo, uma faixa de dois dedos de largura que começa uns vinte centímetros antes do ângulo da parede com o teto.

O comissário não enxergava.

Diacho de velhice! Mas não era hora de tristeza.

— Pode me passar o farolete? — disse Fazio.

Montalbano entregou.

O que adiantava ficar com ele?

— E no teto dá pra ver a faixa toda, até o buraco de onde sai o fio.

— Ótimo. Você entendeu por que a faixa começa a ser vista perto do teto?

— Sim, porque lá a umidade é maior.

— Certo. Quer fazer uma aposta?

— Primeiro me diga do que se trata.

— Que nós vamos encontrar outra faixa de passagem de fio, mas dessa vez no lado oposto, entre o fim da parede e o piso.

— Não aposto não.

Orientou a luz para baixo e, depois de um instante, disse:

— Olha lá a faixa!

Montalbano se abaixou para olhar. A faixa começava a ser visível a uns dez centímetros do piso e depois desaparecia.

— Pegue o martelo e a chave de fenda e tire o reboco de cima da faixa, mas com muito cuidado, por favor, senão é capaz de cortar os fios da luz.

Cinco minutos depois, apareceu um pedacinho do típico conduíte por dentro do qual passam os fios de eletricidade.

— Mas para que serve essa outra fiação? — perguntou Fazio.

— Não imagina?

— Não.

— Para levar luz para o subterrâneo.

Fazio ficou embasbacado.

— Está dizendo que aqui embaixo existe um subterrâneo?

— Para ser exato, sim.

— E por onde se entra?

— Esse é o x da questão. Faz uma coisa. Vá levar o Terrazzano para a cidade e volte imediatamente.

Saiu com Fazio para cumprimentar Terrazzano. Viu Fazio partir como um foguete e voltou para a garagem.

Tenta raciocinar, Salvo. Com um aperto só do interruptor se acende a luz de baixo, com dois apertos, a luz da garagem...

E se a abertura e o fechamento do acesso ao subterrâneo fossem comandados eletricamente pelo mesmo interruptor?

Dez

Era uma hipótese plausível, que restava verificar.

Porque de uma coisa ele tinha certeza: o comando de abertura do subterrâneo não podia estar dentro da casa, ele não teria escapado da exatidão do exame da perícia, primeiro, e de Terrazzano, depois.

Por isso, antes de pôr mãos à obra, quis examinar as paredes da garagem centímetro por centímetro, para ver se não existia nenhum botão escondido.

Não descobriu nada.

Lembrou como era gostoso e cômodo, na infância, acreditar na existência de uma fórmula mágica para descobrir e abrir portas secretas.

Como é que ele fazia?

Abre pipiti fecha popiti. .

Só para dizer que tinha tentado de tudo, um pouco por brincadeira, um pouco por fazer de conta, mas se sentindo ridículo e um pouquinho envergonhado, recitou esse seu abracadabra em voz alta.

Nenhuma porta secreta se abriu magicamente.

Então ele se postou diante do interruptor, pôs o dedo indicador em cima dele e começou a pesquisa.

Três cliques seguidos, nada.

Quatro, nada também.

Cinco, nada ainda.

Quando chegou a dez, parou.

Não, não era aquele o caminho. Além disso, imagine alguém com pressa de descer para o subterrâneo: não podia perder dez minutos fazendo clique-clique no interruptor.

Ele precisava raciocinar.

Saiu da garagem, acendeu um cigarro.

Pensa e repensa, concluiu que a única solução era tirar a proteção de plástico e abrir o interruptor para olhar como ele era por dentro e quantos fios elétricos chegavam até ele.

Voltou com energia renovada ao trabalho.

O espelho de plástico não estava preso ao interruptor, como ele achava, mas era como uma capa aderente que podia ser tirada, segurando-se com dois dedos.

Tirou.

Puxar o interruptor da parede não só não adiantaria nada, como também dificultaria o exame. Para abri-lo, era preciso soltar quatro parafusos.

A chave de fenda usada por Fazio era grande demais. Foi pegar outra na bancada.

Experimentou, servia.

Soltou o primeiro parafuso, mas, enquanto o desatarraxava com o dedo para colocá-lo no bolso, ele escorregou e caiu no chão, a alguns centímetros do seu pé esquerdo.

Mantendo a mão direita, com a chave de fenda, apoiada no interruptor, ele se abaixou, dobrando os joelhos, para pegar o parafuso.

Nesse exato momento percebeu que, sob a pressão involuntária de sua mão direita, toda a parte superior do interruptor se movimentou um pouquinho.

Ficou parado naquela posição, intrigado. E como era possível ela se deslocar, se ainda estava presa por três parafusos? Talvez eles estivessem lá só para enganar?

Levantou-se, deixando pra lá o parafuso caído.

Fez de novo ligeira pressão com a palma da mão no interruptor e dessa vez notou claramente que toda a meia parte superior se deslocou novamente.

Então fez pressão maior para girar a parte superior em sentido horário.

A parte superior girou completamente até ficar embaixo.

E aí parou, produzindo uma espécie de estalo.

E, imediatamente depois, o piso debaixo dos pés dele começou a vibrar.

Assustado, ele deu um pulo para o lado.

Lentamente, mas sem fazer o menor barulho, um dos grandes quadrados de cimento do piso, exatamente o mais próximo da parede onde ficava o interruptor, se levantou, revelando que funcionava como tampa de um alçapão.

Quando chegou à posição perfeitamente vertical, parou.

Montalbano se assomou para olhar, com cuidado, como se de lá pudesse emergir de repente um homem armado.

Dava para ver o começo de uma escada de ferro e, depois, escuridão total.

Esticou um braço, tocou uma única vez o interruptor virado de cabeça para baixo.

No subterrâneo se acendeu uma luz forte.

Olhou novamente.

Agora dava para ver a escada de ferro inteira. Era quase perpendicular, estava presa à parede por dois braços de ferro e media no mínimo três metros de comprimento.

O pedaço de piso do subterrâneo que ele conseguia enxergar era de concreto.

Ele estava morrendo de curiosidade de ver o que havia lá embaixo, mas com muito medo de descer.

Os imprevistos eram tantos, todos perigosos.

E se a tampa se fechasse enquanto ele estivesse no subterrâneo? Será que existia outro interruptor para abrir?

E, se existisse, funcionaria do mesmo jeito que o de cima?

E se não existisse, e o sistema de abertura fosse completamente diferente, será que ele conseguiria descobrir o mecanismo antes de morrer sufocado?

Aí encontrou uma meia solução.

Tirou o celular do bolso do paletó e o pôs no bolso da calça, depois tirou o paletó, dobrou-o três vezes e o pôs de atravessado na beirada do alçapão. Assim, a tampa não poderia se fechar de todo e lhe permitiria respirar, trepado no topo da escada de ferro, e chamar Fazio quando o ouvisse de volta.

Depois, virou-se de costas e, segurando-se à escada, com a cara para a parede, começou a descer.

Chegou ao chão.

Virou-se e ficou pasmo.

Estava num aposento de quase dois metros e meio de cada lado.

Três paredes eram de alvenaria, mas a quarta, a que ficava de frente para a escada de ferro, era formada em grande parte pela gigantesca porta de aço de um cofre.

Cofre igualzinho aos que a gente vê em filmes, com fechadura, manípulos e combinações numéricas.

A porta estava um pouquinho aberta.

Recuperado do espanto, o comissário abriu o cofre completamente, usando as duas mãos.

Dentro, era tudo uma estante de dois metros de largura por um de profundidade.

Completamente vazia.

O que poderia ter contido?

Mas, depois de se fazer a pergunta, entendeu logo que, se ficasse ali olhando o cofre, só ia perder tempo.

Subiu de volta, ficou ao lado da abertura, pegou o paletó, girou o interruptor.

A tampa do alçapão se fechou, sem fazer o menor barulho, como de costume. Devolveu ao seu lugar também o tampo de plástico do interruptor. Apagou a luz do subterrâneo e a da garagem, saiu, abaixou a porta até o chão.

Olhou o relógio. Quase uma hora.

Pegou o celular e ligou para Jannaccone.

— Diga, doutor.

— O que estava fazendo?

Jannaccone não respondeu logo, surpreso com a pergunta.

— Estava... indo almoçar.

— Então ligo de novo daqui a uma hora.

Estava jogando verde, sabia que Jannaccone não ia desistir.

— Não, doutor, diga aí.

— Só por curiosidade. Quando inspecionaram a casa dos Nicotra, olharam a garagem também?

— Claro.

— E não encontraram nada?

— Não, nada. Por quê?

— Porque eu encontrei uma coisinha.

— Ah, é? O quê?

— Um subterrâneo com um cofre gigante.

— Caralho!

— Exatamente.

— Chego aí já já com a equipe.

— Não, pode ir comer tranquilamente. Agora não há nenhuma pressa. A gente se vê às três.

Logo depois ligou para Fazio.

— Onde você está?

— Voltando. Mais uns dez minutos...

— Escute, acabei e agora estou indo a pé para o comércio ilegal da velha. Me encontre lá.

Vai que a velha cozinhava bem. Ele tinha começado a sentir uma tremenda fome.

Chegou à frente da venda no mesmo instante em que Fazio parava atrás dele. Tinha vindo voando.

— O que encontrou?

— Coisa grossa. Mas aqui não dá pra falar. Agora vamos pensar só em comer.

Entraram e foram se sentar a uma mesa já arrumada para dois.

A velha saiu da cozinha, olhou para eles, logo reconheceu os dois e fez cara feia.

— O trato não incluía boca livre.

— Quem foi que falou que a gente não vai pagar? Pagamos, calma aí. O que tem de bom?

— *Tagliatelle* caseiro com molho.

— Está bem — disseram os dois em coro.

— E de segundo prato, coelho à caçadora.

— Está bem — repetiu o coro.

— Vinho, querem como? Médio ou bom?

— Bom — disse o coro.

Antes de atacarem o prato de *tagliatelle*, as outras duas mesas foram ocupadas. A velha faturava. Comeram muito bem, cada um pagou onze euros.

— Estou quase virando freguês cativo — disse Fazio, saindo.

Não esperavam ver o que viram.

Com as nádegas apoiadas na porta do carro, estava Pitrineddru, o colosso de quarenta anos, filho da velha, olhando para eles de braços cruzados.

— Será que quer puxar briga? — perguntou Fazio em voz baixa.

— Acho que não, mas fique de prontidão, porque esse brutamontes é capaz de tudo.

Quando ficaram frente a frente, Pitrineddru continuou imóvel, não se mexeu nem um milímetro.

— Precisamos entrar no carro — disse Fazio com educação. — Se você se afastar um pouquinho...

— Não.

— E por que não?

— Primeiro vocês têm que me dizer uma coisa.

— O que quer saber? — interveio Montalbano.

— Acharam a Inghi?

Enquanto dizia o nome da alemã, olhou de relance para a porta da venda. Tinha medo que a mãe saísse e o visse falando com os tiras. Mas essa olhada foi reveladora para o comissário.

— Se eu te contar uma coisa, você me conta outra?

— Tá bom.

— Parece que a Inge voltou pra Alemanha.

Pitrineddru abaixou a cabeça sobre o peito, murmurando alguma coisa.

— O que é que você disse?

Pitrineddru levantou a cabeça e olhou para eles. Surpresos, Montalbano e Fazio viram que ele estava com os olhos marejados.

— Que é melhor viva do que morta.

— Você gostava da Inge? — perguntou Montalbano.

Pitrineddru fez que sim com a cabeça.

— Transavam?

O mesmo sinal com a cabeça.

— Quando?

— Às vezes ela telefonava pedindo mantimento e eu levava.

— E onde é que faziam?

— Onde ela queria. Na garagem, na sala…

E aí, já com lágrimas correndo pela face, escapuliu para os fundos da casa.

Como ainda sobrava tempo antes da chegada da perícia e Fazio estava morrendo de vontade de ver o cofre com seus próprios olhos, Montalbano o satisfez, depois de entrarem na garagem e fecharem a porta.

Quando voltaram pelo alçapão, Montalbano fechou a tampa e saíram de novo.

Fazio estava realmente pasmo.

— Até agora os subterrâneos secretos que vi serviam para esconder foragidos, essa é uma grande novidade. O que vossenhoria acha que eles guardavam no cofre?

— Não quero pensar em nada. Só espero que Jannaccone possa dizer com certeza.

— Uma coisa é certa. Nicotra não era só contador da Rosaspina.

— É — disse Montalbano.

— Por que tão calado? — perguntou Fazio.

— É que não consigo ter um quadro geral. Não tive tempo de pensar. Novidades demais, cartadas demais. Hoje de manhã ficamos sabendo que Inge está viva na Alemanha, e que o homem das luvas era tio dela... Será verdade? Ou era pra despistar? E que incumbências tinham os Nicotra, inclusive o tio, em relação ao cofre? Só eram guardas do cofre? Ou tinham os códigos para abrir e fechar? E o assalto à casa, por que aconteceu? Pra pegar o que estava dentro do cofre? Ou o cofre já estava vazio? Como você vê, faltam muitas peças pra ter um quadro legível.

— Estão chegando — disse Fazio.

Eram dois carros. Jannaccone desceu disparado da frente. Tinha trazido três homens.

Montalbano disse que era melhor que todos entrassem na garagem, mesmo sendo apertado. Assim não despertariam a curiosidade de alguém que passasse por lá.

Depois que todos estavam dentro, ele abaixou a porta, acendeu a luz e explicou a Jannaccone como funcionava o interruptor.

Jannaccone quis experimentar e abriu a tampa do alçapão.

— Lá embaixo existe um grande cofre vazio — disse o comissário. — O que me interessa é saber o que ele conteve. Veja se consegue.

— Vamos conseguir — prometeu Jannaccone.

— Nós dois vamos deixar vocês aqui, trabalhando em paz. Mas insisto: é extremamente importante que ninguém saiba que descobrimos este subterrâneo.

Ainda não tinha acabado a frase e Jannaccone já começava a descer a escadinha.

— Pare no canteiro de obras — disse Montalbano a Fazio, assim que o carro se pôs em movimento.

Cinco minutos depois, pararam novamente. Montalbano desceu.

— Fique aí no carro — disse a Fazio.

A lama seca já não era uma cobertura compacta. Estava sendo atravessada por centenas de rachaduras que pareciam cicatrizes abertas. E dentro dessas rachaduras estava crescendo de novo o verde da relva.

Era aquilo mesmo o que ele queria ver.

Ficou mais tranquilo. Entrou no carro. Fazio olhou pra ele e não disse nada. Deu de novo a partida.

— Me faça um favor — disse Montalbano a Fazio quando entravam na sala.

— Às ordens.

O comissário procurou uma folha em cima da escrivaninha, encontrou e entregou a ele.

— Aqui estão o nome e o endereço do advogado alemão. Você precisa encontrar o número de telefone dele. Se eu pedir a Catarella, ele vai me deixar louco ou então ligar para um número da Lapônia.

Fazio saiu e voltou dez minutos depois.

— Está aqui.

Tinha escrito o número debaixo do endereço. Montalbano ligou o viva-voz e discou.

Logo atendeu uma voz masculina, que despejou correndo algumas palavras; no meio delas, uma parecia soar como o sobrenome do advogado.

— Gostaria de falar com o advogado Rudolf Sterling.

— Sou eu — disse a voz em italiano.

— Ah, está bem. Aqui quem fala é o comissário Montalbano, da polícia italiana. Bom dia.

— Bom tia. O que costaria de saper?

— Foi o senhor que telefonou para o senhor Terrazzano de Vigàta em nome da sua cliente Inge Schneider?

— Sim.

— Gostaria de saber se posso lhe fazer algumas perguntas sobre essa senhora.

O advogado demorou um tempinho antes de falar de novo.

— O senhor pote fazer, mas eu talvez não responder.

— Olhe, não se trata nem de longe de trair o segredo profissional…

— Não por secredo.

— Então por quê?

— Porque pouco sei desta senhora. Inge Schneider feio no meu escritório primeira fez três tias atrás.

— Então era a primeira vez que a via?

— Sim.

— Teve como confirmar se era mesmo dona Inge Schneider?

— Não entendo.

— O senhor lhe pediu que mostrasse algum documento de identificação?

— Não. Mas por que petiria? Deu nome, deu número telefone casa…

Desse ponto de vista, o advogado tinha razão.

— Poderia descrevê-la?

— Ah… non tinha nata de especial… alta, loira, uns trinta anos…

Quantos milhões de mulheres altas, loiras de trinta anos havia na Alemanha?

— Uma última pergunta. Poderia me dar o número de telefone que ela deixou?

— Sim, claro. Um momento.

Fazio pegou papel e caneta. O advogado disse o número, Fazio escreveu.

— Posso saper por que pergunta? — perguntou o advogado.

Montalbano fez de conta que não ouviu.

— Grato pela cortesia e até logo.

E desligou.

Ficou pensativo.

Fazio lhe entregou a folha.

— Se quiser ligar...

Mas o comissário pareceu em dúvida.

— Não é tão simples. Suponha que ela more numa pensão e atenda alguém falando em alemão, e eu o que vou entender?

— Chamo o Martorana? — sugeriu Fazio.

Martorana era um policial que tinha morado até os treze anos na Alemanha, com o pai imigrante.

— Chame.

— Expliquei tudo a ele — disse Fazio, voltando com Martorana.

— Então ligue — disse Montalbano pondo o telefone de novo no viva-voz, para o caso de Inge atender.

Mas o que ouviram foi uma voz de homem.

Falaram durante um tempinho, depois Martorana, ainda com o telefone ligado, explicou ao comissário que aquele número era de um bar onde a Schneider tinha passado para saber se haviam telefonado para ela. Por isso o sujeito do bar queria o número de telefone para dar a Inge, de modo que ela pudesse ligar de volta.

— Não — disse o comissário. — Agradeça e desligue.

Martorana se despediu e saiu.

Onze

— Pode me explicar por que não quis deixar o número? — perguntou Fazio.

— Porque, vendo que o primeiro prefixo é italiano e o segundo é de Vigàta, Inge não demoraria muito para chegar à conclusão de que nós estamos atrás dela.

— E não seria melhor?

— Melhor para nós, mas talvez não para ela.

— Como assim?

— Se tivesse sido solta pelos sequestradores, a primeira coisa que Inge deveria ter feito era vir aqui, ao comissariado. Mas não fez. Sinal de que quer ficar longe. Por quê? As razões podem ser muitas. Por exemplo, pode ter sido uma condição dos sequestradores para ela ser posta em liberdade: nada de contatos com a polícia. Por isso, não quero que ela fique sabendo que estamos atrás dela.

Fez uma pausa, depois disse:

— Desde que seja a verdadeira Inge.

Fazio pareceu um pouquinho surpreso.

— Vossenhoria duvida disso?

— Pense junto comigo. Antes da vinda de Terrazzano, nós estávamos mais do que convictos de que Inge se encontrava nas mãos daqueles que mataram o marido dela e queimaram o carro. Certo?

— Certo.

— Depois ficamos sabendo por Terrazzano e pelo advogado Sterling que Inge está livre na Alemanha. À parte a necessidade de saber como ela chegou lá, quem deu dinheiro para a viagem e daí por diante, eu me pergunto: depois de tudo o que passou, agressões, assassinato do marido, sequestro, quando ela está em segurança, como é que lhe dá na telha de mandar um advogado telefonar para pedir a devolução do depósito? Na sua opinião, é um modo normal de agir?

— Não é não.

— Mas vamos admitir que seja tudo verdade, que Inge está livre na Alemanha e quer a restituição do depósito. Explique que necessidade ela tinha de pôr o advogado no meio. Não era mais simples telefonar ela mesma diretamente para Terrazzano?

— É verdade. E por que não telefonou ela mesma?

— Para essa pergunta só existe uma resposta: porque Terrazzano conhece muito bem a voz dela.

— E isso também é verdade.

— Em conclusão, as probabilidades de que essa Inge seja uma falsa Inge são muitas, até demais.

— Mas pra que fazer todo esse rebuliço? Entrar em contato com alguém na Alemanha, encontrar uma mulher parecida com a Inge, mandar falar com um advogado...

— Eu começo a ter uma ideia. Mas é tão fantasiosa, tão ousada que agora neste momento nem gostaria de falar.

— Por favor, doutor. Eu guardo pra mim.

— Fazio, cada vez mais eu tenho a sensação de que, nessa investigação, temos uma bomba nas mãos, mas não sabemos. E aqueles que sabem que temos uma bomba na mão não querem que a gente saiba disso e não querem que ela venha a explodir.

— E então?

— Na minha opinião, mas é só uma impressão, estão tentando bagunçar o coreto, montando um grande teatro. Vimos os dois primeiros atos.

— Que seriam?

— Não entendeu?

— Não.

— O primeiro ato consiste em fazer a gente acreditar que Nicotra se apoderou da pistola de Barbera com a finalidade de matar o amante da mulher, mas a coisa acabou se invertendo. O segundo ato deve levar a gente a se convencer de que Inge está viva, sã e salva, de volta na Alemanha. Você se lembra daquele filme chamado *Ciúme à italiana*? Eles estão mostrando uma coisa parecida. Na Sicília só se morre de corno, escreveu alguém destas paragens.

— E no terceiro ato, o que vai ser?

— Não sei nem quero saber. Não sou o autor nem o diretor, sou um espectador que, a certa altura, tem todo o direito de dizer o que acha, se aprova ou desaprova.

— E no intervalo entre o segundo e o terceiro ato, o que fazemos? Fumamos um cigarro?

— Algumas coisinhas a gente pode fazer.

— Diga uma.

— Lembra que, quando estávamos indo para a casa de Nicotra com Terrazzano, eu lhe disse que queria que você me lembrasse de lhe falar de uma coisa?

— Lembro sim, desculpe, porque depois, com tudo aquilo que aconteceu...

— É uma coisa que você pode fazer à noite, no conforto do seu escritório. São simples informações. Quero saber quantos canteiros de obras e de que empresas foram fechados pelo governo da região, na província de Montelusa, depois da morte de Nicotra.

Fazio olhou para ele, intrigado. Estava para fazer uma pergunta, mas preferiu não fazer.

— Começo logo — disse.

Montalbano estava se levantando para sair da sala e voltar para Marinella, quando Mimì Augello entrou.

— Bons olhos o vejam! Vai dizer onde passou a tarde toda? — perguntou.

— Nem me fale. Uma briga feia entre tio e sobrinhos, que estava acabando em facadas...

— História de dinheiro?

— História de dinheiro é sempre o motivo dessas brigas terríveis em família. O que acontece aí é o caso de uma moça, que ficou órfã e foi abrigada na casa de um tio, irmão do pai. A moça depois se casa com um sujeito que não se dá com o tio, que...

— Então era uma sobrinha, não um sobrinho?

— Sim — disse Mimì.

E continuou contando.

Mas Montalbano já não estava ouvindo, absorto num único pensamento súbito.

De repente se levantou.

— Desculpe, Mimì, mas eu preciso sair.

E saiu correndo, deixando Augello pasmo, foi para o estacionamento, pegou o carro e partiu para Pizzutello.

Na esperança de que a venda-restaurante da velha funcionasse à noite também.

Diminuiu a marcha nas proximidades da casa dos Nicotra.

Os carros de Jannaccone já tinham saído. A porta da garagem estava abaixada até o chão e, além disso, o pessoal da perícia havia posto um cadeado. Tinham feito bem.

O sol tinha se posto, a noite estava calma, a escuridão começava a avançar.

Passou pela frente da venda sem parar.

Estava aberta, e ele conseguiu ver até gente sentada a uma mesa.

Depois de um pouquinho fez manobra e voltou. Parou uns vinte metros depois da venda.

Desceu, fez a pé um pedaço de caminho e viu a trilha que levava aos fundos da casa.

Chegou a um terreiro amplo que continha um cabril, um galinheiro e um grande alambrado que servia de coelheira.

A silhueta gigantesca de Pitrineddru ia de lá pra cá dentro do galinheiro.

Montalbano se aproximou e o chamou em voz baixa.

— Pitrineddru!

O homem parou, olhando na escuridão, um pouco curvado para a frente, com a mão servindo de viseira acima dos olhos.

— Quem é?

— O comissário Montalbano. Você falou comigo depois do almoço.

— Ah — disse Pitrineddru.

Saiu do galinheiro e se aproximou.

— A Inghi voltou? — perguntou, esperançoso.

— Não, ainda não. Mas, assim que voltar, eu te aviso.

— Promete?

— Prometo. Quer um cigarro?

Pitrineddru suspirou.

— Eu queria, mas a mãe não quer que eu fumo. Nem fora de casa. Diz que faz mal pros pulmão.

— Pega, fuma comigo, justo agora a tua mãe não vai te ver mesmo.

Pitrineddru deu a primeira tragada com satisfação. Segurava o cigarro escondido dentro da mão.

— Se a mãe me vê me vira um safanão.

Deu uma risadinha que parecia um relincho de asno, puxou a segunda tragada e perguntou:

— Por que que veio aqui?

— Quero te fazer umas perguntas.

— Faz.

— Você tava sabendo que na casa da Inge tinha um tio dela que comia e dormia lá?

— Tava sim.

— Como ficou sabendo?

— A Inghi me contou e pediu pra não contar pra ninguém, nem pra mãe.

— E por que não queria que soubessem?

— Sei não.

— Mas quando vocês transavam, onde ficava o tio?

— Sempre nos quartos de cima, não descia nunca pra baixo. E a gente não fazia barulho.

— Então você nunca viu ele?

O colosso pareceu sem jeito.

— Vi não.

Não sabia mentir, o "vi não" soou nasal e falso.

— Então não pode me dizer nada sobre ele?

— Uma vez eu ouvi ele falando no celular. Tava lá em cima, mas tava com raiva, então gritava.

— Falava como?

Pitrineddru estranhou a pergunta.

— Como que ia falar? Com a boca.

— Não, quero saber se falava em alemão.

— Não, falava como a gente tá falando agora.

Montalbano, que não tinha esquecido a mentira de Pitrineddru, voltou ao assunto.

— Mas a cara dele você nunca viu?

Pitrineddru fez uma espécie de dança de urso, apoiando-se primeiro num pé, depois no outro.

— Quer mais um cigarro?

— Quero sim.

Montalbano acendeu para ele.

E ficou esperando pacientemente que ele por fim decidisse falar.

— Uma vez eu vi. Mas...

— Mas?

— Vossenhoria primeiro precisa jurar que, quando a Inghi voltar, não vai contar pra ela.

— Juro.

— Um dia, eu tava com tesão por ela, levei as compras sem esperar ligação. A porta tava aberta e a bicicleta tava do lado, sinal que ela tava em casa. Entrei, embaixo ela não tava. Deixei as coisas em cima da mesa e fui subindo a escada bem de manso, pra chamar ela sem o tio me ouvir. O quarto do tio dela a gente enxerga sem precisar acabar de subir a escada. Aí eu vi a Inghi ajoelhada, sem roupa, com a cabeça enfiada no meio das pernas do tio dela, e ele também tava sem roupa, sentado na beirada da cama.

— Ele te viu?

— Viu não, não podia me ver porque tava com a cabeça jogada pra trás.

— E o que você fez?

— O que que eu ia fazer? Voltei pra venda.

— Tava com raiva?

— Tava sim.

— Por que não se abriu com a Inge?

— Porque depois eu fiquei pensando que, no fundo, aquele era o tio dela. Esse tipo de coisa acontece muito entre os parentes e não é ofensa.

— Você se lembra como era esse homem?

Pitrineddru fez de novo a dança do urso, no esforço de se lembrar.

— Espera... espera... agora me lembro... Devia ter uns sessenta, não tinha nem um fio de cabelo, tinha bigode, tava usando luva branca e no braço esquerdo tinha um desenho.

— Uma tatuagem?

— Isso, isso mesmo.

— O que representava?

— Um sol com os raios, mas o sol tinha cara de homem.

— Lembra de mais alguma coisa?

— Lembro não. Você me avisa logo, quando a Inghi voltar?

— Aviso imediatamente. Escuta, vou te deixar o maço de cigarros. Esconde direitinho.

Dirigindo para Marinella, ele se sentia como o caçador que volta da caça com o bornal cheio.

Chegando, ligou para Augello.

— Mimì, quero me desculpar por ter deixado você falando sozinho.

Augello ficou calado.

Montalbano achou que a linha tinha caído e começou a gritar feito louco.

— Alô! Alô!

— Estou aqui — disse Mimì. — Eu estava me refazendo do susto. Sabe como é, você me pedindo desculpas é um acontecimento tão raro que nem um terremoto faz o mesmo efeito.

— E quero te agradecer também.

— Desse jeito eu vou ter uma síncope! Agradecer de quê?

— De uma ideia que você me deu. Boa noite.

Logo em seguida ligou para Livia.

— Como vai?

— Sabe o que a Selene fez hoje? — disse Livia toda entusiasmada, em vez de responder à pergunta.

— Não. Conte.

Deus, que maravilha ouvir que ela tinha voltado a ser a Livia de sempre!

Durante dez minutos, ela falou do mesmo assunto: Selene. Só no fim se lembrou dele.

— E você, como vai?

— Quase bom. Amanhã tiro os pontos.

Houve um segundo de silêncio, depois Livia perguntou, alterada:

— De que pontos você está falando?

Porca miséria! Por que tinha dito essas palavras?

Para concorrer com o cachorro?

— Nada, uma bobagem…

— Não me deixe preocupada agora. Diga o que foi.

— Escorreguei e…

— Por que não me disse nada?

A voz de Livia já era de começo de briga.

E foi meia briga. Meia briga que deixou o comissário feliz.

Felicidade duplicada pelo que encontrou na cozinha.

Depois, como já tinha chegado a hora do noticiário das dez, ligou a tevê, sintonizou no canal da Televigàta. O jornalista Ragonese estava lá, falando.

... duas informações confidenciais de fonte segura que chegaram até nós. A primeira é que Nicotra teria se apoderado de uma pistola guardada no cofre do escritório. Com que finalidade, é o que nos perguntamos, senão a de matar o amante da mulher ou o casal pego em flagrante? A segunda seria que a mulher de Nicotra, Inge Schneider, estaria na Alemanha. Isso corrobora a tese que sustentamos nos dias imediatamente posteriores ao crime. Ou seja: a de que se trata de uma traição conjugal que, infelizmente, acabou em sangue. Mas na qual a vítima é o marido, desarmado pelo amante que atirou em legítima defesa ou disparou acidentalmente. Tese que o comissário Montalbano, pelo que nos parece, se recusa a levar em consideração, perdendo seu próprio tempo e o nosso dinheiro de contribuintes atrás de sabe-se lá que mirabolâncias contorcionistas...

Ragonese tinha feito uma espécie de resumo dos capítulos anteriores.

E isso significava que o intervalo estava acabando e se aproximava o começo do terceiro ato.

Mudou de canal.

Estavam apresentando uma corrida de bicicletas que se desenrolava debaixo de um chuvisquinho bem fino.

À frente de todos ia um corredor solitário. Uma voz em *off* dizia:

Bartoletti conduz o grupo...

Foi o verbo que o feriu como uma martelada no meio da testa.

Conduz.

E se Nicotra…

E se Nicotra não tivesse entrado na galeria para se esconder de quem tinha atirado, mas para dar uma indicação exata ao grupo, quer dizer, aos amiguinhos dele ou à própria polícia?

Como se dissesse: a verdade sobre a minha morte deve ser buscada aqui, no canteiro de obras.

E, sendo assim, confirmava-se a ideia que fazia tempo rondava a cabeça do comissário, mas ainda estava muito confusa, muito incerta…

No dia seguinte de manhã, pegou o carro e foi para o hospital de Montelusa tirar os pontos.

Depois pegou o carro de novo e foi em direção à superintendência.

Parou em frente a um café que era praticamente o bar dos funcionários da repartição e, do celular, ligou para Jannaccone.

— Doutor — disse Jannaccone —, estou indo falar com o senhor.

— Mas eu já estou em Montelusa.

— Então venha aqui.

— Não, não queria me encontrar com…

— Hoje ele não vem.

— Então estou indo.

Estacionou melhor, saiu depressa e, dez minutos depois, estava diante de Jannaccone.

Nem precisou abrir a boca.

— Não demoramos muito para entender o que o cofre continha — anunciou Jannaccone. — Encontramos fragmentos minúsculos de papel-moeda.

— Euro?

— Sim.

— Legítimo?

— Sim. Imagine que os fragmentos estavam em todas as prateleiras. Lá dentro devem ter sido guardados milhões e milhões de euros.

— Dinheiro de caixa dois.

— Também acho.

— Impressões digitais?

— Sim. De um homem.

— Conseguiram...

— Sim, eram suas, doutor — disse Jannaccone, sorrindo.

E prosseguiu:

— Lembra que dentro da casa havia pegadas bem claras dos dois que tinham entrado?

— Lembro.

— As mesmas pegadas, menos evidentes, nós encontramos no subterrâneo, na frente do cofre.

— Então seria lógico supor que os dois, além de matarem Nicotra e de sequestrarem a mulher e o hóspede, também roubaram o dinheiro?

— É o que parece.

— Essa história do cofre... seria bom falar o mínimo possível...

Jannaccone logo pescou.

— Olhe, de qualquer jeito, mais cedo ou mais tarde vou precisar fazer meu relatório para o superintendente.

— É urgente?

— Não, posso esperar quatro, cinco dias...

— Obrigado.

— Ah — disse Jannaccone —, achei melhor fechar bem a porta da garagem com cadeado. Aqui estão as chaves.

Doze

Depois de contar a Fazio e a Augello o que tinha ouvido de Pitrineddru antes e de Jannaccone em seguida, Montalbano quis ouvir as opiniões deles.

Mas Augello, que a partir de certo ponto parecia ter ficado alheio, se saiu com uma pergunta:

— Repete como era a tatuagem?

— Pitrineddru disse que era um sol com raios e que o sol tinha cara de homem. No braço esquerdo.

Augello ficou calado, com o olhar perdido.

— Olhe, eu não tenho a capacidade de adivinhar teus pensamentos — disse o comissário.

— Desculpe — disse Augello —, mas tenho certeza de que vi essa tatuagem uns anos atrás... mas não me lembro onde vi nem quem tinha.

— É mesmo? — disse Montalbano. — Seria como ganhar na loteria se você conseguisse se lembrar.

— É melhor por enquanto deixar pra lá, porque, quanto mais me esforço, é pior. Seja como for, se quer saber minha opinião, digo que finalmente acho que temos o que moveu toda essa história.

— E o que é?

— O roubo do dinheiro do cofre.

— Acha que é isso?

— Estou convencido.

— Na sua opinião, como aconteceu?

— Os dois invadiram a casa, surpreenderam todo mundo dormindo e, enquanto um manteve o hóspede e Inge na mira, o outro obrigou Nicotra a descer no subterrâneo, pegar o dinheiro e pôr dentro de três ou quatro sacos. Então...

— Arriscado demais — interrompeu Fazio.

— Em que sentido? — perguntou Augello.

— No sentido de que dois homens só, para um serviço tão difícil, parece pouco.

— Ainda mais — completou o comissário — que Jannaccone disse que no subterrâneo as pegadas eram dos dois, sem pegadas de dois pés descalços, como deviam ter sido as de Nicotra. Enquanto isso, quem estava cuidando de Inge e do suposto tio?

— E será que, antes de irem para a garagem, não amordaçaram e amarraram Inge e o tio, de modo que não podiam se mexer?

— Isso é possível. Mas, nesse ponto, a gente precisa fazer uma pergunta — disse Montalbano. — Quem eram esses ladrões?

— Explique melhor.

— Duvido que fossem ladrões comuns, desses que roubam casas ou assaltam. É coisa graúda, a questão era roubar uma quantidade de dinheiro que não se encontra nem somando o que está em todos os bancos de Vigàta. Esses dois foram lá certos do que estavam fazendo porque tinham conhecimento do cofre escondido. E quantos sabiam desse segredo? Na certa menos gente que os dedos de uma mão.

— E isso o que quer dizer?

— Quer dizer que pode ser roubo encomendado. Os ladrões, que não eram ladrões profissionais, agiram por conta de terceiros. E as vítimas do roubo, mais cedo ou mais tarde, vão acabar descobrindo o mandante. Mas aí alguém sai morto. Vamos mudar de assunto?

E voltando-se para Fazio:

— Que notícias traz?

Fazio tirou um papel do bolso e leu.

— Doutor, as obras interditadas pelo governo da região são da Rosaspina, da Albachiara, da Soledoro, da Lo Schiavo, da Spampinato e da Farullo. Seis ao todo.

— Me dê a folha.

Fazio entregou, e o comissário ficou um tempinho examinando. Depois perguntou:

— A empresa que tinha começado a obra da adutora se chamava Primavera, certo?

— Sim.

— Mas Primavera, Rosaspina e companhia bela são sobrenomes ou nomes fantasia?

— Fantasia, doutor. Mas em compensação Lo Schiavo, Spam...

— São sobrenomes, isso eu percebi.

Sentiu de repente muita vontade de ver um daqueles canteiros parados.

— À parte o canteiro da Rosaspina, qual é mais próximo?

— O da Albachiara, no distrito de Riguccio.

— Agora você vai precisar fazer outra pesquisa. Quero saber quem está à frente dessas seis empresas.

— Os nomes da Rosaspina eu tenho e já lhe disse. Para as outras, vou precisar de uns dias.

— Está bom, mas não muitos.

E dissolveu a sessão.

Saiu uma hora antes de costume porque queria ir ver o canteiro de obras fechado da Albachiara, que, segundo o jornalista Gambardella, havia vencido a concorrência para a construção de uma casa de detenção.

Enquanto ia em direção ao distrito de Riguccio, ele se perguntava de onde tinha vindo aquele forte impulso e entendeu que não conseguia tirar da cabeça a suposição a que tinha chegado na noite anterior, ou seja, a de que Nicotra, indo morrer dentro da galeria, queria comunicar alguma coisa.

Acordando de manhã, tinha visto que o tempo estava virando. O céu estava escurecendo. Agora chovia muito.

Chegou, parou, mas ficou dentro do carro. Chovia demais para sair, ele ficaria encharcado.

O canteiro de obras consistia em três máquinas de terraplanagem, estacionadas no começo de um enorme espaço vazio ao pé de um morro que, por causa das chuvaradas que vinham caindo, tinha desmoronado um bocado na parte de baixo.

Mas havia outra coisa que Montalbano não entendeu, porque seus limpadores de para-brisas não estavam funcionando bem.

Deslocada um pouquinho mais para o lado esquerdo do espaço, havia uma construção talvez de cimento, feita de um bloco só, que parecia uma pirâmide de uns quinze metros de altura.

Para que podia servir?

Pôs o carro em movimento de novo e chegou mais perto. Abriu a porta para enxergar melhor.

Aí entendeu.

Tinham tirado o barro do espaço aberto e feito um morrinho com ele ali, mas, enquanto ainda estava meio líquida, a lama havia escorregado aos poucos, até ficar com forma de pirâmide, e depois tinha secado.

O comissário ficou fascinado, olhando. Uma pirâmide de lama.

Representação ao mesmo tempo concreta e simbólica de tudo o que, aos poucos, ia se tornando cada vez mais claro na sua cabeça.

E ficou pensando se não tinha sido *conduzido* até aquele lugar por Nicotra, como ciclista solitário.

Quando chegou ao restaurante, a chuvarada tinha virado um verdadeiro temporal. A visita ao canteiro de obras e o clima tinham acabado com o apetite dele.

Quando entrou, só havia outros dois fregueses cativos, e a televisão estava ligada.

Na tevê, quem falava era Zito, da Retelibera, amigo dele.

Dizia que o fechamento quase simultâneo de seis canteiros de obras na província de Montelusa tinha criado uma situação grave, e uma delegação de pedreiros que não tinham recebido salário e corriam o risco de ser demitidos havia sido recebida pelo procurador provincial, que prometia intervir imediatamente junto ao governo da região para obter a suspensão do embargo, assim que as empresas regularizassem a situação.

Enzo chegou para pegar o pedido. Mas não era o de sempre, parecia preocupado.

— O que foi? — perguntou o comissário.

— Estou preocupado com o meu cunhado 'Ntonio, que é pai de três filhos e tem medo de perder o emprego.

— O que ele faz?

— É agrimensor na Farullo, que teve a obra de Sicudiana fechada.

Montalbano ficou de orelha em pé.

Enzo continuou:

— Começaram a falar em redução do pessoal se o fechamento durar muito.

— Você sabe por qual motivo os inspetores da região...

Enzo interrompeu:

— Esse é o x da questão.

— Como assim?

— Meu cunhado 'Ntonio jura de pé junto que na obra dele nunca esteve inspetor nenhum. Os diretores da empresa dizem que precisaram parar a obra por ordem dos inspetores, mas isso é mentira. Além disso, o 'Ntonio afirma que naquele canteiro está tudo regular.

— Então como se explica?

— Não se explica.

— Gostaria de falar com o seu cunhado. Se não for incômodo pra ele, será que pode ir ao comissariado às três?

— Vou ligar pra ele e perguntar.

Voltou cinco minutos depois.

— Combinado, vai às três. E agora, o que lhe sirvo?

Comeu quase nada, para grande desgosto de Enzo.

Saiu do restaurante e ficou encharcado. O aguaceiro caía solto, e uma ventania furiosa impedia até de andar. Os bueiros transbordavam, e as calçadas estavam cobertas de água.

’Ntonio Garzullo tinha uns quarenta anos, era magro, usava óculos, não se vestia muito bem e estava bem nervoso.

— Doutor, Enzo fez uma grande besteira quando lhe contou um desabafo que fiz em família — começou, enquanto enxugava a cabeça com o lenço.

— Enzo sabia muito bem que não estava falando com um comissário, mas com um amigo. Fique o senhor sabendo disso. Vamos ter uma conversinha particular e ninguém vai sàber de nada.

’Ntonio pareceu um pouquinho mais tranquilo. E quis justificar as palavras que tinha dito.

— Porque, o senhor entende, se meia palavra chegar aos ouvidos do pessoal da Farullo, eu estou perdido.

— Não chegará nada, garanto.

— Diga o que quer saber.

— Primeiro, tem certeza absoluta de que os inspetores regionais nunca foram lá?

— Absoluta. Tão certo como a morte. Eu fico no canteiro desde a manhã até a noite. Nunca puseram o pé ali. Também não estiveram no escritório.

— Mas então como vocês ficaram sabendo que a ordem de suspensão vinha do governo da região?

— Quem disse oficialmente foi o diretor da obra, o engenheiro Gangitano, que reuniu a gente para dar a notícia.

— Lembra das exatas palavras dele?

— Disse que os inspetores tinham identificado alguma coisa que não estava de acordo com o contrato de empreitada.

— É grande a obra contratada?

— É, sim. A construção de um conjunto de casas populares.

— O senhor tem alguma explicação?

— Não. Mas sei de outra coisa estranha.

— Qual?

— Nas obras da Spampinato em Montereale aconteceu a mesmíssima coisa, sem tirar nem pôr.

— Em Montereale também ninguém viu os inspetores, mas a obra foi suspensa?

— Exatamente. Então fiquei curioso e fiz umas perguntas. E quer saber a conclusão?

— Claro.

— Os inspetores estiveram só em duas obras, a da Rosaspina e a da Lo Schiavo. Nas outras quatro não apareceram.

— Fiquei sabendo de uma pessoa bem informada que eles também estiveram na da Albachiara.

— Não estiveram, não. Posso garantir. Querem que a gente acredite nisso, mas não é verdade.

De repente, uma espécie de lâmpada se acendeu e se apagou instantaneamente na cabeça do comissário.

— A Farullo regularizou a situação de todo mundo que trabalha na obra dela?

'Ntonio Garzullo, que estava calmo, de repente se agitou na cadeira.

— Em que sentido?

— O senhor entendeu muito bem.

Os trovões faziam uma barulheira tão grande que para falarem precisavam levantar a voz.

'Ntonio respondeu entre dentes, de má vontade.

— Digamos... sessenta por cento. Os outros não têm documentos regulares. São clandestinos, sem autorização de permanência, sem nada... Mas, pelo amor de Deus, doutor, eu lhe peço...

— Tranquilo.

— Aliás... Não são os únicos que fazem isso, em todas as outras obras é a mesma coisa.

— Esses que não estão regularizados são pagos com caixa dois?

— São.

— E os que estão regulares são pagos como?

— Não entendi a pergunta.

— Com cheque? Com crédito em conta? Em dinheiro?

— Em dinheiro, afinal ninguém chega a mil euros por semana.

A lâmpada voltou a se acender e a se apagar no cérebro do comissário.

E ele se fez uma pergunta bem precisa: e se todos, regulares ou não, fossem pagos com caixa dois?

Não seria um jeito genial de lavar dinheiro sujo?

Sorriu para 'Ntonio, agradeceu e se despediram.

Assim que ficou sozinho, ligou para Pasqualino, filho de Adelina, que era ladrão e ele mesmo tinha prendido. Mas, quando podia, Pasqualino lhe fazia algum favor.

— Diz aí, doutor.

— Está ocupado?

— Tou não.

— Queria falar com você.

— Tou por perto. Logo chego aí.

Apareceu uns dez minutos depois, tirou a capa, que estava pingando, e se sentou.

— Preciso de umas informações.

— Às ordens.

— Por acaso ouviu falar de um grande roubo que aconteceu uns dias atrás?

— Roubo de quê?

— Dinheiro. Que estava num cofre.

— De um banco?

— Não, particular.

— Aqui em Vigàta?

— Sim. No distrito de Pizzutello.

— Onde mataram aquele rapaz?

— Exatamente.

Pasqualino balançou negativamente a cabeça.

— Não é coisa nossa. E não acho que foram ladrões de fora, porque a gente ia ficar sabendo do mesmo jeito.

E assim ele confirmava que não se tratava de roubo cometido por ladrões comuns, como Mimì afirmava.

Assim que Pasqualino saiu, Augello entrou.

— Estou queimando os miolos para me lembrar onde foi que eu vi aquela tatuagem do sol... O tal Pitrineddru não deu mais detalhes?

— Tudo o que ele disse, eu repeti.

— Consegue me dizer se tinha bigode ou não, se notou alguma cicatriz...

— Acho que ele não lembra. Além de ser o que é, um brutamontes com cabeça de criança, deve ter ficado transtornado com a cena que viu.

— Cê acha que, se eu for falar com ele, acabo apanhando?

— É provável. Mas, se você conseguir identificar esse homem, vamos dar um passo de gigante.

— Eu sei. Por isso estou me empenhando tanto.

— Nós poderíamos ir juntos. Em mim ele confia. Mas eu precisaria contar uma mentira, tipo "a Inge telefonou e perguntou de você", mas não acho legal, tenho pena dele.

— Escuta, tive uma ideia. E se eu for sozinho, dizendo que sou amigo da Inge, que estou chegando da Alemanha e que ela mandou lembranças para ele?

— Pode ser que funcione.

— Então me explique como chegar lá.

— Mas você quer ir com esse tempo?

— Sim, porque senão esta noite não durmo.

Montalbano fez até um mapa da estrada e da trilha que levava para os fundos da casa de Pitrineddru, recomendando evitar a velha e ir quando já estivesse escuro.

Lá pelas cinco e meia Montalbano recebeu um telefonema de Gambardella. Pela voz, estava contente.

— Caro doutor Montalbano, estou atrapalhando?

— De jeito nenhum.

— Não ouvi. Parece que está caindo um dilúvio.

— Eu disse que não está atrapalhando.

— Queria dizer que Asciolla me ligou. Está claro que o meu truquezinho da carta perdida funcionou.

— O que ele disse?

— Que hoje de manhã ele foi convocado pelo engenheiro Riggio, diretor da obra, aquele com quem ele tinha brigado, e o tal engenheiro comunicou ao Asciolla que, se quisesse voltar a trabalhar para a Albachiara, assim que a situação dos canteiros se resolvesse, não haveria problema.

— E Asciolla?

— Agradeceu, fingindo que estava comovido, e aceitou. Agora se sente mais tranquilo. Vai ligar de novo dentro de alguns dias. O que acha disso?

Se esperava ser parabenizado pelo comissário, o jornalista ficou decepcionado.

— Muito cuidado — disse Montalbano.

— Com quê?

— Essa reconsideração tão rápida da Albachiara... não sei... mas me soa falso.

— Mas eu acho que eles engoliram. E que, agindo assim, pretendem comprar o silêncio de Asciolla.

— Seja como for, volto a recomendar prudência.

— Não nasci ontem — disse Gambardella, ressentido.

— E me faça um favor. Se precisar se encontrar com Asciolla, me comunique antes a hora e o local do encontro.

Mal tinha desligado, a luz acabou no comissariado.

O temporal estava no auge, o vento sacudia os vidros das janelas, os relâmpagos contínuos iluminavam tudo. E aí aconteceu uma espécie de intermezzo cômico.

Catarella apareceu na porta com uma vela numa das mãos e um pires na outra. Mas as duas mãos tremiam.

— Tou trazendo uma vela.

— Por que está tremendo?

— Porque fico impressionado com os relampos.

Tentou pôr o pires em cima da escrivaninha, mas, por causa da tremedeira, o pires escorregou e caiu.

Catarella se abaixou para pegar o pires e, nesse movimento, encostou a vela na pilha de papéis para assinar. E os papéis, na hora, pegaram fogo.

Praguejando, Montalbano deu um safanão na pilha, e então uma parte das folhas em chamas caiu no chão e outra parte em cima de Catarella, que estava se levantando.

— Socorro! Socorro! Tou pegando fogo! — disse Catarella correndo para fora da sala.

Aí foi aquele frege. Dois policiais entraram na sala e, dando sapatadas, apagaram o fogo dos papéis.

— Vão ver pra onde foi o Catarella — disse o comissário.

Nesse momento a luz voltou e, com a luz, Catarella. Estava ensopado, mas orgulhoso.

— Dotor, no que que eu peguei fogo, pensei: a melhor coisa é ir correndo lá fora e ficar debaixo da chuva pra apagar o foguaréu. Fiz bem?

Treze

Quando entrou em casa ainda caía um dilúvio, se bem que o pior parecia estar passando.

Decidiu comer na cozinha, porque a ventania era tanta que não dava nem para deixar aberta a porta-balcão da varanda.

O mar tinha coberto a praia, tomado conta dela, escondido tudo. Mais uns metros e teria vindo arrebentar contra a parede da casa.

Compensou o pouco que tinha comido ao meio-dia saboreando cada garfada da fantasiosa salada de frutos do mar e dos rolinhos de peixe-espada, deixados por Adelina.

Depois tirou a mesa e ligou para Livia.

— Aqui também está chovendo desde hoje de manhã. Mas eu precisei sair do mesmo jeito.

— Por quê?

— A Selene estava fazendo birra, cansada de ficar só em casa. Aproveitei uns minutos sem chuva e…

Parou, espirrou.

— Está vendo? — disse Montalbano, irritado. — Você não pode ficar fazendo bobagem, Livia, ainda não está recuperada de tudo e uma coisinha de nada é o que basta para… Você não pode ser imprudente.

— Está me passando um sermão? Está de brincadeira? Um resfriadinho de nada!

Melhor assim. Que bom ouvir de novo a Livia briguenta! Santa Selene, sempre digna de louvor e agradecimento.

Depois se sentou na poltrona e ligou o televisor para ver o noticiário da Retelibera.

... o *desabamento de uma ala do bloco B ocorreu às 19:30, enquanto caía um violento temporal. O guarda do conjunto, Augusto Pillitteri, de cinquenta e seis anos, que por acaso estava nas vizinhanças, teve ferimentos na cabeça e no tórax. Está internado no Hospital Sant'Antonio de Montelusa sem diagnóstico definitivo. Há alguns meses outro prédio do mesmo conjunto escolar de Villaseta...*

Quando ouviu estas últimas palavras, Montalbano se endireitou na poltrona e ficou bem atento.

... foi interditado pouco depois de ser entregue à prefeitura. Fomos pedir uma possível explicação ao engenheiro Emanuele Riggio, responsável pela obra de construção do conjunto por conta da empresa Albachiara, e ele gentilmente a forneceu. Vamos ver o que ele disse.

Desapareceu a cara de Zito e apareceu a do engenheiro. Era um homem de cerca de cinquenta anos, com traços bem marcados, cabelo cortado muito rente, olhar frio, um rasgo no lugar dos lábios.

Não há muito que explicar. Todo o conjunto está implantado numa zona que não foi escolhida por nós, é importante notar, mas pelas prefeituras de Vigàta e Montelusa, zona essa que está sujeita a deslizamentos de terra. Naturalmente, antes de dar início às obras, a nossa empresa recorreu ao exímio professor Augusto Maraventano, que, em seu laudo, declarou que a região estava perfeitamente apta a receber edificações. Depois da interdição de um dos prédios, o Tribunal ordenou outro estudo geológico, que, infelizmente, demonstrou o inexplicável desacerto das avaliações feitas pelo professor Maraventano. Por conseguinte, a Albachiara foi eximida de qualquer responsabilidade. O desabamento de hoje, portanto, deve ser atribuído única e exclusivamente ao violento temporal que, como é óbvio, por causa das infiltrações, provocou um deslizamento de terra.

Desapareceu a fisionomia dura do engenheiro que, enquanto dizia a última frase, tinha ficado ainda mais dura, e reapareceu a de Zito.

Esse temporal causou outros estragos em várias cidades da Província. Em Montelusa...

Montalbano desligou.

Levantou e começou a passear pela sala.

Apesar de o engenheiro já ter tomado suas precauções, não havia dúvida de que o desabamento ressuscitaria e fortaleceria os comentários e insinuações que tinham ocorrido da outra vez, quando das avarias no primeiro prédio.

A Albachiara ia se ver de novo como alvo de dúvidas e suspeitas, num momento bastante delicado, quando tinha o canteiro de obras de Riguccio fechado por irregularidades.

E tudo isso significava que um artigo de Gambardella, baseado nas revelações de Asciolla, podia dar um golpe mortal na empresa e mandar alguém para a cadeia.

Agora, se aquela gente da Albachiara não tinha pensado duas vezes para mandar atirar num pobre pedreiro que das negociatas da empresa sabia pouco ou nada, imagine o que poderia fazer a Asciolla, que, ao contrário, sabia bastante.

Que sabia o suficiente para arruiná-los de uma vez.

Foi se deitar preocupado com o jornalista e com o mestre de obras.

Deveriam estar mais que atentos. Seriam capazes disso?

Quando pegou no sono, a ventania tinha passado, mas o aguaceiro continuava.

Acordou mais tarde que de costume.

Continuava chovendo e, apesar de serem oito horas, dentro da casa se enxergava bem pouco. Faltava energia elétrica. Depois de uma hora estava pronto para sair.

A estradinha que ia de sua casa à estrada provincial para Vigàta tinha se transformado num rio de lama. O carro do comissário penou para fazer a subida. Na estrada provincial, havia uma fila interminável de carros parados, um colado no outro. Levou mais de uma hora para chegar ao comissariado.

— Ah dotor! Se trata que na sala de espera está o advogado Collione* com um cliente que gostaria de falar com vossenhoria em pessoa pessoalmente.

— Catarè, que bobagem é essa que você está dizendo?

— Qualmente, dotor?

— Não é possível que o advogado tenha esse nome.

— Eu também achei um pouquinho estranho, mas posso pôr a mão no fogo.

— Fazio está?

— In loco tá sim.

— Mande o Fazio primeiro e depois o advogado.

— Alguma novidade? — perguntou a Fazio assim que ele entrou.

— Tenho sim.

---

* O espanto de Montalbano provavelmente se deve à semelhança entre Collione e Coglione (pronuncia-se colhione), que significa "colhão", mas também "idiota, parvo". No entanto, o sobrenome Coglione de fato existe. [*N. da T.*]

— Falamos disso depois. Agora sente aí e ouça junto comigo o que um advogado quer.

Bateram de leve na porta.

— Entre! — disse o comissário se levantando.

Apareceu um homem alto, de uns quarenta e cinco anos, distinto, sorriso cordial, modos desenvoltos. Na mão esquerda segurava uma elegante pasta de couro que devia custar o olho da cara.

Atrás dele, um homem magro, de uns quarenta anos, malvestido, desleixado, olhos fundos, barba sem fazer há dias.

— Sou o advogado Eugenio Boglione.

Troca de apertos de mão entre os três.

— E este é meu cliente, Pino Pennisi.

Que não deu a mão a ninguém, ficou com os braços pendentes ao longo dos quadris, olhando para baixo, com os joelhos um bocadinho dobrados.

— Sentem-se — disse Montalbano, indicando as duas cadeiras diante da escrivaninha.

Fazio, que tinha ficado em pé, escreveu depressa alguma coisa num pedaço de papel e entregou ao comissário.

— É o número de telefone que o senhor pediu — disse, indo se sentar no sofazinho.

No papel estava escrito:

Pen trouxe Inge a Vig.

Então Montalbano lembrou o que Terrazzano tinha contado.

Inge tinha vindo da Alemanha para Vigàta porque namorava um pedreiro.

Aquele Pino Pennisi que agora estava diante dele.

— Pode dizer — disse o comissário, cordial.

O sorriso cordial do advogado desapareceu de repente, a cara dele ficou muito séria.

— O meu cliente, Pennisi Giuseppe, conhecido por Pino, veio se entregar — disse com voz solene.

Foi exatamente como se ele dissesse que lá fora estava chovendo. Fazio ficou impassível. Montalbano, por sua vez, pareceu não dar nenhum valor àquelas palavras.

Abriu uma gaveta, procurou alguma coisa lá dentro, não achou, fechou a gaveta, perguntou a Fazio:

— Você tem uma bala aí?

— Não, doutor, lamento.

Então Montalbano se sentiu na obrigação de explicar ao advogado, que olhava para ele, espantado:

— Às vezes me dá uma coceira na garganta que só com umas balinhas... desculpe, o senhor estava dizendo que seu cliente veio se entregar?

— Sim — respondeu o advogado.

Tinha murchado um pouquinho, a história das balinhas tinha estragado o efeito que ele esperava obter.

— O que ele fez?

— Foi ele que matou Gerlando Nicotra em legítima defesa.

Montalbano e Fazio se entreolharam, entendendo-se.

Estava começando o terceiro ato.

— Ah — disse o comissário.

E não acrescentou mais nada. Fez-se silêncio. Montalbano pareceu absorto, olhando as gotas que batiam contra os vidros da janela por causa do vento.

E depois, finalmente, falou.

— Se você pelo menos tivesse uma bala...

— Quer que eu vá procurar? — propôs Fazio se levantando.

— Quero, sim, obrigado.

Fazio saiu. Montalbano fez duas vezes hrum hrum, se levantou, foi até a janela, fez mais duas vezes hrum hrum, sentou de novo. O advogado olhava os movimentos dele, assombrado.

Fazio voltou, pôs uma bala em cima da escrivaninha e se sentou. O comissário desembrulhou a bala e a pôs na boca com evidente satisfação.

— Agora estou me sentindo melhor — disse.

— Quer ouvir como foram os fatos? — perguntou o advogado, querendo voltar a ter o domínio da situação.

— Por que não? — disse Montalbano.

— O meu cliente... — começou Boglione.

— Eu gostaria muito de ouvir o relato do senhor Pennisi.

Pennisi engoliu duas vezes antes de começar a falar. Depois abriu a boca e fechou logo em seguida, como se de repente tivesse ficado sem forças.

— Coragem — disse o advogado.

— Desde o começo? — perguntou.

— Sim.

Deu um longo suspiro e começou:

— Eu conheci a Inghi quando trabalhava de pedreiro na Alemanha. Na época ela tava pra fazer vinte anos. A gente se gostou e foi morar junto. Ela não tinha pai nem mãe. Depois de nem um ano eu fiquei sabendo que aqui tinha serviço e resolvi voltar. Inghi veio junto comigo. A gente foi morar na casa de uma irmã da minha mãe e a Inghi foi trabalhar de caixa num supermercado. Depois de seis meses, uma noite, quando cheguei em casa, ela não tava. Minha tia falou que ela tinha voltado de tarde, feito as malas correndo e ido embora com um homem que tava esperando ela no carro. Depois fiquei uns anos sem ver ela.

— Um momento — interrompeu o comissário. — O senhor está dizendo que se adaptou imediatamente à situação? Não tentou encontrá-la? Levá-la de volta para casa?

— Tentei não.

— Não teve nem a curiosidade de saber o nome do homem com quem ela foi embora?

— O nome eu já sabia. Era dom Gaetano Pasanisi, o dono do supermercado.

— Como ficou sabendo?

— A Inghi tinha falado que ele andava atrás dela, dando presente, fazendo proposta. E, como ela se queixava que eu levava pouco dinheiro pra casa, logo percebi quem era o homem que tinha levado ela embora, e não adiantava ir buscar.

— Confirma que não se viram mais durante todos esses anos, nem por acaso?

— Confirmo. Inclusive ela não trabalhava mais de caixa do supermercado, era sustentada.

— Continue.

— Dois meses atrás, como eu trabalho na obra da Rosaspina em Pizzutello, uma manhã eu tava indo pra lá, ela apareceu na minha frente. Ficou olhando pra mim e rindo. Eu segui reto, mas ela me chamou. A gente conversou um pouquinho, depois ela montou na bicicleta e continuou seu caminho.

— Lembra o que conversaram?

— Foi quase só ela que falou. Que tinha se casado com o contador Nicotra, que não tinha filho, e mostrou onde morava, que era perto da obra. Perguntou se eu tava casado e eu falei que sim e que tinha dois filhos.

— O senhor conhecia Nicotra?

— Conhecia, de vista. Umas vezes eu tinha visto ele passar de carro, mas não sabia que era marido da Inghi.

— Como se despediram?

Pennisi olhou perplexo primeiro para o advogado e depois para o comissário.

— Como assim?

— Quero só saber se, quando se despediram, se deram as mãos, se abraçaram, ou nada disso.

Pennisi olhou novamente para o advogado, parecia em dificuldade.

— Diga tudo — disse Boglione.

— Ela... me abraçou.

— E o senhor, o que fez?

— Também abracei.

— Beijaram-se?

— Não senhor.

— Lembra que horas eram?

— Umas oito e meia. Eu tava chegando atrasado no trabalho.

— E isso aconteceu na estrada que leva à obra?

— Foi, sim.

— Não havia o risco de serem vistos por alguém?

— Claro, mas acho que ninguém viu.

— Continue.

— Uma semana depois, eu tinha pegado a estrada pra obra...

— Ia de carro?

— Não senhor, de lambreta. Uma semana depois aconteceu a mesma coisa, igualzinho. Me perguntou se depois de largar o trabalho eu podia encontrar com ela, porque ela tava morrendo de vontade de falar dos velhos tempos. Também me falou que o marido voltava lá pelas oito e por isso a gente tinha uma hora. Eu falei que tinha o que fazer, mas ela insistiu e eu no fim respondi que sim.

— E foi?

— Fui.

— Por quê?

— Não sei.

— Apaixonou-se de novo?

— Não senhor.

— Ainda a desejava fisicamente?

— Sim senhor. E também porque eu achei que ela ainda tava gamada em mim e eu podia me vingar de quando ela me largou.

— Foram para a cama?

— Aquela vez não.

— Diga exatamente o que fizeram.

— Logo que eu cheguei, ela falou que no quarto de cima tava um tio dela que tinha vindo da Alemanha, mas que ele não ia descer e não ia atrapalhar.

— Um momento. Ela lhe falou desse tio quando vocês estavam juntos na Alemanha?

— Acho que não.

— Continue.

— A gente se sentou no sofá e ela começou a falar apertando a minha mão.

— Do que ela falou?

— Que não tava feliz no casamento, que o marido não ligava pra ela, que tinha feito tanta promessa e não tinha cumprido nenhuma, que era melhor quando tava comigo e trabalhava de caixa...

— Beijaram-se?

— Beijamos.

— Combinaram de se encontrar de novo?

— Combinamos. Ela explicou que não era sempre que tava livre das seis às oito. Mas que eu podia voltar três dias depois. E dessa vez a gente se deitou.

— Onde?

— Na mesma sala grande de baixo, onde tinha um sofá.

— Só por curiosidade: esse tio, o senhor alguma vez ouviu pelo menos andar?

— Ouvi, sim. Mas a Inghi falou que ele não ia descer. E eu não vi ele nunca, nem por engano.

— Ouviu a voz dele?

— Uma vez, falando no celular.

— Como ele falava?

Ouvindo a pergunta, Pennisi ficou espantado igualzinho ao Pitrineddru.

— O que quer dizer?

O advogado interveio.

— O senhor comissário quer saber se ele falava em italiano ou em alemão.

Disse isso enfatizando a última palavra.

— Alemão — disse Pennisi, como um eco.

— Quantas vezes se encontraram antes daquela vez em que Nicotra pegou os dois juntos?

— Quatro vezes.

— Sempre entre as seis e as oito?

— Isso.

— E agora me conte sobre aquela noite.

— Da última vez a Inghi falou que o marido tinha avisado que na noite seguinte, depois de comer, precisava ir pra Palermo e voltar no outro dia no fim da manhã. Era uma boa ocasião pra gente poder passar uma noite inteira juntos. Nós combinamos que, por segurança, eu ia só depois da meia-noite. E que, antes de bater, eu precisava olhar se o carro ainda tava na garagem. E foi o que eu fiz.

— Que desculpa deu à sua mulher?

— Que eu tinha um trabalho de perfuração.

— À noite? Com chuva?

— Inventei que era de uma parede interna de uma casa e que era coisa urgente.

— Prossiga.

— Cheguei, vi que o carro não estava, e a Inghi, que tava me esperando, abriu a porta. Ela mandou tirar o sapato.

— Por quê?

— Primeiro, não queria que eu sujasse a casa de barro, segundo pra não fazer barulho na hora de subir a escada. Ela tava de chinelo. Eu tirei o sapato, ela pegou e pôs debaixo do aquecedor do outro lado da sala, que era pra enxugar. Fez a mesma coisa com a capa.

— Então subiram para o quarto?

— Subimos, depois a Inghi apagou a luz.

— Lembra se a porta do quarto do tio estava aberta ou fechada?

— Mais da metade aberta.

— A luz estava acesa?

— Tava não. Eu ouvi ele roncar.

— E depois?

— A Inghi me mandou entrar e fechou a porta.

— À chave?

— Não senhor. Eu tirei a roupa, ela tirou o roupão e nós deitamos. Lá fora tinha uma barulheira de chuva e vento.

— Estavam com a luz acesa?

— Não senhor. A Inghi falou… falou que gostava mais de fazer com a luz dos relâmpagos.

— Quando Nicotra chegou?

— Mais ou menos três e meia a barulheira da chuva diminuiu um pouquinho e a gente ouviu um carro chegando e parando. A Inghi reconheceu o barulho do motor. Aí me falou, tremendo de medo, que o marido tinha voltado. Eu agarrei a roupa, saí do quarto, entrei no quarto do tio, enquanto a Inghi ajeitava a cama. Depois, de trás da porta, falou pra eu ir embora logo que o marido dela pegasse no sono.

— O senhor deixou a porta do quarto do tio mais da metade aberta?

— Deixei. Tanto que foi difícil me vestir.

Quatorze

E aí Pennisi parou, abriu e fechou a boca, mexendo-se na cadeira. O advogado, que não esperava a interrupção, olhou para ele, preocupado.

— O que foi? — perguntou.

Pennisi abria e fechava a boca sem parar, como se estivesse sem ar. Depois murmurou:

— Não consigo mais falar.

— Por quê? O que aconteceu? — perguntou Boglione, mostrando-se ainda mais preocupado.

— Porque minha boca tá seca.

A cara do advogado ficou mais tranquila de repente.

Montalbano ficou com vontade de rir, Boglione quase tinha morrido de medo de que Pennisi tivesse esquecido a fala que precisava recitar ou que tivesse ficado sem vontade de continuar.

Então Fazio, obedecendo a um gesto do comissário, se levantou, encheu um copo da garrafa que sempre ficava em cima de uma espécie de arquivo, e deu ao homem.

Pennisi bebeu de uma só emborcada.

— Quer continuar ou prefere recomeçar depois de uma interrupção? — perguntou Montalbano.

— Continuamos, continuamos — disse o advogado.

— Deixe que ele diga — disse o comissário.

Pennisi fez que sim com a cabeça. Mas Montalbano não falou, e então foi Boglione que instigou.

— O meu cliente está pronto a...

— Entendi. Quanto tempo Nicotra demorou para pôr o carro na garagem e ir lá para cima?

— Não lembro.

— Faça um esforço.

— Seis, sete minutos. Enquanto isso eu tinha me vestido e tava em pé atrás da porta.

— Com medo?

— Quem?

— Como quem? O senhor, estava com medo?

— Claro.

— Suando?

— Eu não...

— Tremendo?

— Ele disse que não...

— Tinha a garganta seca como agora há pouco?

— Oh, santa mãe! Eu...

— Não entendo o objetivo dessas perguntas — interveio Boglione, com voz nervosa.

— Senhor advogado, muito me espanta! O senhor pretende sustentar a tese de legítima defesa ou não?

— Claro que sim!

— Então as minhas perguntas tendiam a entender qual era o estado de espírito do seu cliente. Mas se o senhor não... eu desisto, sabe?

— Não, ao contrário...

— Não, não, vamos deixar pra lá esse assunto. O que Nicotra fez depois que subiu?

— Perguntou pra Inghi se ela tava dormindo, e ela não respondeu. Então Nicotra foi pro banheiro e ficou lá um tempão.

— Quanto?

Pennisi olhou para ele atônito. Estava completamente suado, suas mãos tremiam.

— O que quer dizer?

— Não pode ser mais preciso? Um tempão é meio aproximativo demais, não acha?

Aturdido, Pennisi perguntou ao advogado:

— Quanto tempo ficou?

— E que sei eu? — disse Boglione, irritado.

— Vamos dizer uns quinze minutos? — sugeriu o comissário.

— Tá bom.

— E depois?

— Quando ele voltou pro quarto, já era mais de quatro. Depois de um pouquinho ele se levantou resmungando e desceu, acho que pra tomar um pouquinho de água. Até que, depois de uma meia hora, eu percebi que ele tinha pegado no sono.

— Como percebeu?

— Pela respiração regular.

— Não desconfiou que ele estivesse fingindo?

— Não senhor.

— Na sua opinião, como Nicotra conseguiu perceber que havia um estranho em casa? Viu na sala de baixo a sua capa e os sapatos?

— Acho que não notou.

— Por quê?

— Porque estavam no fundo, onde fica a sala de visitas e lá a luz tava apagada.

— E aí?

— Na minha opinião, a história de ir pra Palermo não era verdade. Ele tinha inventado, era uma armadilha, e a Inghi e eu caímos. Pode ser que ele teve certeza de que eu estava na casa quando viu a lambreta parada perto da garagem.

— Isso não explica como Nicotra ficou sabendo que a mulher o traía com o senhor.

— Quem sabe alguém dedurou.

— Quem?

— Algum colega meu, que me viu quando eu ia me encontrar com a Inghi.

— Que motivo ele tinha para pôr a Inge em apuros?

— Sei lá, vai ver que tinha inveja de mim... porque eu me... a Inghi era... é uma moça bonita.

— Diga o que fez quando achou que Nicotra tinha pegado no sono.

— Comecei a me movimentar com cuidado.

— Como assim?

— Saí do quarto.

— O tio não acordou nesse tempo todo?

— Não senhor.

— Que estranho! — disse o comissário.

— Talvez ouvisse mal ou tomasse algum sonífero — disse o advogado.

— Tá, tá... E depois que saiu do quarto?

— É certeza que gastei uns quinze minutos pra descer a escada, de tão devagar que eu ia.

— Chegando ao térreo, o que fez?

— Como eu tava confuso, com medo, e a única coisa que eu pensava era fugir daquela casa, fui logo abrir a porta que tava só com o trinco. Abri e no que que eu abri, lembrei que tava descalço. Corri pro outro lado da sala, enfiei os pés nos sapatos que tavam debaixo do aquecedor, agarrei a capa, voltei pra porta, e aí a voz do Nicotra me deixou paralisado.

— O que ele disse?

— Para aí senão eu atiro.

— Gritando?

— Acho que não.

— Sussurrando?

— Eu ouvi e pronto.

— Ficou parado e...?

— Instintivamente eu levantei os braços, fiquei de mãos ao alto, e ouvi ele dizer, chegando mais perto, que queria ver a cara de quem andava fodendo com a mulher dele.

— Quer dizer que nem por um instante ele confundiu o senhor com um ladrão?

— Não senhor.

— E aí?

— Eu percebi que tava fodido. Quando ele chegou perto, me mandou virar de costas. Eu não pensei nem duas vezes, perdido por perdido, me virei de repente e a capa que eu tava segurando com a mão direita levantada eu joguei com toda a força na cara dele e...

— Parabéns. Belo lance — comentou Montalbano.

Depois, dirigindo-se a Fazio:

— Não foi um belo lance?

— Lindo — disse Fazio continuando a escrever, como vinha fazendo já há um bom tempo.

Porque, quando ele voltou para a sala, o comissário fez sinal para ele agir assim.

— E aí?

— Aí eu agarrei a mão dele e tentei pegar a pistola, mas não consegui. Ele me deu uma joelhada no saco, mas, apesar da dor, eu não dei mole. De repente, na luta, nós dois quase do lado de fora da porta, acabou que ele ficou de costas pra mim, mas o braço que segurava a pistola tava todo virado pro meu lado. Aí eu torci tanto a mão dele que ele soltou a pistola e foi então que eu desarmei ele, dei um empurrão nele e disparei, tudo junto. Eu não tinha a intenção de fazer isso, foi uma coisa assim, instintiva.

— O natural instinto de autodefesa — ressaltou Boglione.

— Continue, continue — disse Montalbano, entusiasmado.

— Depois do tiro, fiquei lá abestalhado. Vi ele agarrar a bicicleta da Inghi, que tava do lado da porta, e fugir. Nessa altura a Inghi, que tinha descido do andar de cima e visto uma parte da luta, parece que ficou louca.

— O que ela dizia?

— Começou a gritar, a tremer, me agarrou bem forte, falando que iam jogar a culpa em cima dela, que eu não podia deixar ela assim. E correu lá pra cima, chamando o tio.

— Que tinha continuado o tempo todo lá em cima?

— Isso.

— Não acha estranho ele não ter descido nem quando ouviu o tiro?

— Vai ver que tava com medo.

— Continue.

— Eu aproveitei para ir correndo pegar a lambreta e fugir disparado.

— Fazendo o mesmo caminho de Nicotra?

— Só tem aquele.

— Não o alcançou?

— Não senhor. Nem vi ele.

— Se bem entendi, o senhor e Inge não se viram mais.

— Exato.

— Escute, o que fez com a pistola? Era uma pistola, certo, não um revólver?

— Isso, uma pistola italiana, uma Beretta. Um amigo meu tinha uma igualzinha, sem tirar nem pôr. Achei ela no bolso quando tava voltando pra casa, nem me lembrava mais que tinha posto lá.

— Ainda está com ela?

— Tou não, joguei da ponte no rio Simeto, que tinha virado mais de lama que de água.

— Uma última curiosidade. Encontramos o travesseiro da cama do tio todo sujo de sangue. Foi o senhor que o agrediu naquela noite, quem sabe para fazê-lo ficar quieto?

— Não senhor. Mas dessa história a Inghi falou.

— Que história?

— Um dia ela me falou que às vezes, de repente, começava a sair sangue do nariz do tio.

— Ah, claro! — exclamou o comissário. — Naquele dia o senhor foi verificar se a Inge ainda estava na casa ou se tinha ido embora?

— Não, não fui.

— Sabe que encontramos o carro de Nicotra queimado?

— Sei sim. Vi na televisão.

— Então não tem condições de nos dar uma explicação sobre o fato.

— Não senhor.

— E isso é tudo — disse o advogado nesse ponto. — E agora, se for possível reler o termo de declarações...

— De que termo o senhor está falando? — perguntou o comissário, com cara de espanto.

— Daquilo que o meu cliente confessou... e que até agora foi escrito pelo seu...

— Você por acaso estava redigindo os termos da confissão? — perguntou Montalbano a Fazio, com surpresa.

— Eu? Não. O senhor não mandou. Eu estava escrevendo aquele relatório que o senhor queria.

— Pronto, está vendo? Não há termo de declarações.

O advogado perdeu completamente o prumo.

— Mas... mas que caralho de jeito de proceder é esse de vocês? — perguntou, levantando a voz.

— Use linguagem correta e abaixe o tom.

— Como assim?! Faz meia hora que o senhor está colhendo a confissão do meu cliente e agora...

— Eu não colhi nada! Não comece a trocar alhos por bugalhos! O senhor me perguntou se eu queria ouvir como os fatos haviam ocorrido, e eu, por pura cortesia, concordei.

— O senhor está negando as evidências! Começou a perguntar um monte de detalhes!

— Natural! Fui dominado pela curiosidade. É uma história tão apaixonante!

O advogado mordeu os lábios, ajustou a gravata, tentou se acalmar.

— Pela sua atitude, devo deduzir que o senhor se recusa a proceder à prisão?

— Está brincando? Nada de deduções, pelo amor de Deus! Eu constatei o fato e vou proceder da maneira devida. Peço mais cinco minutos de paciência. Agora vou telefonar para quem de direito.

Discou um número no telefone direto e falou:

— Doutor Jacono? Bom dia. Desculpe incomodar, mas aqui no comissariado compareceu o advogado Boglione com um cliente, chamado Pennisi, que declara ter matado Gerlando Nicotra. O que faço? Ah, pretende ouvi-lo logo? Sim, sim, está bem.

Desligou.

— Tudo certo. O promotor Jacono está esperando o senhor com seu cliente. Gostaria de ser levado com uma viatura nossa ou prefere ir com seu carro?

— Vou com o meu. Bom dia — disse o advogado, vermelho de raiva.

Agarrou Pennisi por um ombro, pois ele tinha continuado sentado, abestalhado, e o arrastou para fora.

Fazio não pôde deixar de rir.

— Mãe do céu! O advogado parecia que ia explodir! O teatrinho melou!

Montalbano, no entanto, estava sério.

— O que foi, está preocupado?

— Não, mas estou aqui pensando que por trás dessa história toda estão algumas mentes finas. Que pensam nos mínimos detalhes. Considere a história de Inge mandar Pennisi tirar os sapatos molhados. Sabe por quê? Porque, com base na análise da perícia, a gente poderia afirmar que não existiam pegadas dos sapatos de Pennisi. E também acharam uma ótima explicação para o sangue no travesseiro. O tio perdia sangue pelo nariz. Tio que falava alemão. É de tirar o chapéu. Mas não sabem o monte de coisas que temos na mão. O testemunho de Pitrineddru; o fato, que eles desconhecem, de que tanto o tio quanto Nicotra estavam armados e de que descobrimos o cofre subterrâneo.

— E agora, o que vai acontecer?

— Depende.

— De quê?

— Se Jacono tiver lido o laudo da perícia, vai se perguntar de onde apareceu a Beretta, se na casa havia dois revólveres russos, e vai começar a apertar o Pennisi. Se não tiver lido, prende o Pennisi.

— Mas vossenhoria pode me explicar por que não vai falar com Jacono e dizer como estão as coisas?

— Porque, quanto mais acreditarem que mordemos a isca, melhor. E agora vamos falar do que me interessa. Tem todos os nomes?

— Tenho sim. Tenho os nomes de todos os chefões das seis sociedades.

Tirou uma folha do bolso. Montalbano o deteve.

— Não me interessa conhecer os caras. Preste bem atenção. Primeiro quero saber se algum deles tem relações de parentesco, sanguíneo ou por afinidade, próximo ou distante, com os Sinagra ou com os Cuffaro. E, se não existem relações de parentesco, saber se no passado houve outros tipos de relação, amizade, negócios, compadrio... Está claro?

— Claríssimo.

— Depois você precisa fazer outra coisa importantíssima. O Nicotra, antes de ser contratado pela Rosaspina, quando ainda trabalhava para a Primavera, tinha contadores subalternos a ele? Se sim, onde essas pessoas trabalham atualmente?

Augello entrou.

— Bom dia a todos, estou resfriado.

— Quanto tempo eu tenho? — perguntou Fazio ao comissário.

— Dois dias.

Fazio se levantou e saiu da sala num pé só.

— Sabe da grande novidade do dia? O assassino de Nicotra veio se entregar.

— É mesmo? — disse Augello, admiradíssimo.

— É uma história de cornos, você vai gostar. Senta aí que eu conto. E também explico por que é tudo mentira.

— Que tremenda cagada é que eles estão querendo esconder? — perguntou Augello no fim.

— Estou começando a ter uma ideia.

— Diga qual é.

— Ainda é cedo para falar. E você? Se encontrou com Pitrineddru?

— Nem me fale. A única coisa que eu ganhei foi esse resfriado.

— Mas conversaram?

Augello fez uma careta.

— Cheguei, tava caindo um dilúvio, precisei fazer a pé a ruela que dá nos fundos da casa e fiquei encharcado. O Pitrineddru tava no galinheiro, que é coberto por um telheiro. Chamei, ele saiu e veio na minha direção. "Quem é você?", perguntou. Eu queria responder que era amigo da Inge, mas só consegui dizer "eu sou", e ele me deu um soco na boca do estômago, dizendo: "Você é um tira cabeça de bagre." E voltou para o galinheiro.

— E você?

— O que é que eu podia fazer, na tua opinião, com um brutamontes daquele calibre? Prender? Dar um tiro? Subi no carro e voltei. Perdi tempo e saí com uma mão atrás, outra na frente.

— De jeito nenhum você lembra onde viu o homem com aquela tatuagem?

— Escuridão total.

Chegou ao restaurante tão tarde que Enzo já tinha começado a tirar as mesas.

— Sobrou alguma coisa pra mim?

— Já mando descer o macarrão.

— Não, deixa quieto. Nada de prato principal. Me traz uma porção bem grande de antepastos de frutos do mar.

— Sim senhor. E depois, vai bem um prato à base de robalo?

— Vai muito bem.

Mas Enzo não se afastou.

— O que foi?

— Desculpe, é verdade que quem matou o Nicotra se entregou?

— É verdade. Mas como é que você ficou sabendo?

— Vi na televisão, na Televigàta.

— Quando?

— Hoje de manhã, no noticiário das onze.

Como era possível?

Às onze Pennisi e o advogado estavam no comissariado, portanto, teoricamente, ninguém poderia estar sabendo de nada ainda. Então, estava claro que a notícia tinha sido comunicada à Televigàta pelos autores da comédia, para que ela logo se tornasse de conhecimento público.

Por que tanta pressa?

A resposta era simples. Fazer o caso ser encerrado o mais depressa possível, impedindo qualquer outra investigação.

Tinha acabado de comer o robalo, Enzo veio dizer que queriam falar com ele no telefone.

— Peço compressão e perdão por incomodar na hora de comer...

— Diga, Catarè.

— O pepê Giacono telefonou e disse assim pra vossenhoria comparecer in loco dele, que seria o próprio pepê Giacono, às três e meia.

Olhou o relógio. Chegaria na hora.

Quinze

— Esse Pennisi eu só podia mesmo era mandar pra cadeia — foi a primeira coisa que Jacono disse enquanto convidava o comissário a se sentar. — Mas ainda não tomei a decisão de pedir a validação da prisão.

— Por quê?

— Foi exatamente por esse motivo que convoquei o senhor. Para discutir calmamente com essa história que, confesso, me deixa um tanto quanto perplexo.

— Estou à sua disposição — disse o comissário. — Mas antes eu poderia ler o termo de declarações?

— Aqui está — disse Jacono, entregando o documento.

Montalbano o percorreu com o olhar. Correspondia palavra por palavra ao que tinha sido dito no comissariado. Devolveu o documento a Jacono.

— O que não o convence?

— Ora... Em primeiro lugar, uma impressão geral de, digamos assim, coisa forçada... Vou tentar me explicar melhor. O senhor suspeitava de Pennisi? Começou a fazer perguntas sobre ele?

— Nem de longe.

— Portanto, ele não se sentia encurralado. Então, uma vez que nem por um momento deu mostras de estar arrependido do que fez, por que sentiu necessidade de se acusar? Se não fizesse isso, o nome dele nunca seria implicado.

— Mais alguma coisa?

— Sim, por exemplo, a arma do crime, que, também de acordo com Pennisi, era uma pistola Beretta. Como eu sabia, pelo laudo da perícia, que Nicotra tinha ao lado da cama um revólver grande, em perfeito estado de funcionamento, perguntei a Pennisi se ele tinha certeza de que se tratava de uma Beretta. E ele disse ter absoluta certeza. Então eu me pergunto: de onde brotou essa arma?

— Posso responder com facilidade. Ficava guardada num cofre do escritório da Rosaspina, segundo veio me contar espontaneamente o advogado Nino Barbera, que é membro do conselho de administração da empresa. E foi furtada por Nicotra.

— Mas não tem a menor lógica ir roubar uma pistola para atirar no amante da mulher quando se tem um revólver ao alcance da mão! — reagiu Jacono.

— De fato. E não é a única incongruência, veja bem. Há outras duas enormes, sinal de que o relato de Pennisi leva até a duvidar se ele alguma vez sequer entrou naquela casa.

— Diga quais são.

— A primeira é que Pennisi declarou que, assim que entrou na casa, Inge mandou tirar os sapatos molhados e sujos de lama e foi colocá-los no chão debaixo do aquecedor para ficarem secando. A perícia, que examinou minuciosamente o piso do aposento, encontrou, sim, marcas deixadas pelos sapatos enlameados de duas pessoas, mas não identificou nenhum vestígio de lama debaixo do aquecedor. No entanto, se os sapatos tinham sido colocados no chão, molhados e embarrados, algum sinal deveriam ter deixado.

— Muito justo, prossiga.

— A segunda é um engano enorme e quase ridículo, como o da Beretta. Pennisi veio dizer que, ouvindo Nicotra voltar inesperadamente, agarra a roupa e corre para se esconder no quarto do tio, que está dormindo feito pedra, e se esconde exatamente atrás da porta que está mais da metade aberta. Mais da metade aberta, veja bem. Diz até que fica difícil se vestir por causa do pouco espaço. Mas nada disso é possível.

— Por quê?

— Porque a porta do quarto do tio, como aliás todas as portas daquele andar, se abrem para fora, e não para dentro dos cômodos. Portanto, Pennisi teria sido visto inevitavelmente por Nicotra já desde a escada. Para se esconder, ele no mínimo não deveria entrar no quarto, mas ficar justamente no corredor atrás da porta mais da metade aberta.

Jacono ficou calado por algum tempo, com o olhar perdido, sem se fixar em nada. Depois perguntou:

— O senhor, pessoalmente, o que acha disso tudo?

— Leu o relatório da perícia sobre a descoberta do cofre subterrâneo?

— Li.

— Acho que o nó da história é exatamente o cofre com milhões de euros dentro.

— Também estou começando a achar isso.

— Por isso estão tentando nos despistar, afastar de alguma coisa que não é grande, é enorme. Mas felizmente não sabem, e por enquanto não podem saber de jeito nenhum que descobrimos o cofre. E também não sabem, porque nunca souberam, que tanto Nicotra quanto o suposto tio estavam armados. Esses são os dois grandes trunfos para descartar na hora certa.

O rosto normalmente sério de Jacono ficou ainda mais sério.

— Vamos resumir, que é melhor. O senhor está indiretamente sugerindo que seria mais útil para a investigação fingirmos que acreditamos na autoacusação de Pennisi.

Montalbano não teve um instante de hesitação.

— Se preferir, posso sugerir diretamente.

Jacono ouviu impassível e, depois de um tempinho, perguntou:

— O que espera conseguir?

— Está claro que a invasão da casa e a consequente morte de Nicotra criaram graves problemas para certo grupo. Esse grupo está tentando nos apresentar o que aconteceu como uma traição conjugal que terminou em tragédia. A cena que querem nos mostrar é essa que, se me permitir, vou descrever: surpreendido pelo marido, Pennisi o desarma e o mata, depois foge. A mulher de Nicotra, temendo ser inculpada, pega o carro e também foge, levando junto o tio. Depois dá sinal de vida na Alemanha, através de um advogado, com um pretexto banal.

— Essa parte eu não conheço — disse Jacono.

Montalbano contou e prosseguiu:

— Se dermos a impressão de ter acreditado, e se eles se convencerem disso, vão se sentir mais tranquilos e fazer alguma coisa que não podem fazer enquanto a investigação estiver andando.

— O senhor diz "eles". Mas tem alguma ideia de quem são esses "eles"?

— Uma meia ideia eu tenho. E pelo menos um deles se deixou ver.

— Está se referindo ao advogado Barbera?

— Exatamente. Que está no conselho de administração da Rosaspina. Da qual Nicotra era contador geral. E na qual o nosso Pennisi trabalha como pedreiro. E não esqueça também que Nicotra foi morrer dentro de uma obra da Rosaspina. Mais alguns metros, ele teria chegado à estrada provincial, onde poderia pedir socorro a algum motorista de passagem. No entanto, preferiu desviar e nos levar a encontrar seu corpo no canteiro de obras. Na minha opinião, quis nos dar um precioso indício.

— Deixe ver se entendi. Na sua opinião, no centro de tudo isso está a Rosaspina?

— Não, doutor, a Rosaspina seria apenas uma parte do todo.

Jacono não insistiu. Fez pausa para pensar, depois disse:

— O único caminho viável para criar a crença pública de que mordemos a isca é pedir a validação da prisão. E isso eu vou fazer hoje mesmo.

— Obrigado, doutor.

Assim que saiu, teve uma ideia e telefonou para Zito na Retelibera.

— Pode fazer uma entrevista relâmpago comigo?

— Quer falar do caso Nicotra?

— Quero.

— Estou esperando de braços abertos.

Quinze minutos depois estava diante das câmeras, para uma transmissão ao vivo no noticiário da tarde, tendo previamente combinado as perguntas com Zito.

Comissário Montalbano, o senhor confirma o boato de que um pedreiro chamado Pino Pennisi teria se entregado, confessando ter matado o contador Gerlando Nicotra?

Confirmo. Ele fez uma confissão cabal e detalhada diante do promotor Jacono, que ao longo do dia pedirá ao juiz da audiência preliminar a validação da prisão.

Pode nos dizer qual foi o motivo do crime?

Fazia algum tempo que Pennisi era amante da mulher de Nicotra, Inge Schneider. Nicotra surpreendeu os dois e ameaçou Pennisi de morte. Pennisi reagiu e conseguiu desarmar Nicotra, atirando nele.

Onde se encontra atualmente dona Inge?

Na Alemanha. Fugiu depois do crime, com medo de ser acusada, junto com um tio que ela estava hospedando fazia alguns meses.

Mas como se explica o fato de o carro que serviu à fuga de dona Inge ter sido incendiado?

Naturalmente, sobre isso Pennisi não soube dizer nada. Na minha opinião, foi essa senhora mesma que, depois de tomar a decisão de voltar para a Alemanha, ateou fogo ao carro na ingênua tentativa de nos despistar.

Então podemos considerar que o caso está encerrado?

Essa é minha convicção.

Voltou contente para Vigàta porque tinha feito a lição de casa direitinho.

— Fazio está?

— Não encontra-se in loco, dotor.

— Sabe aonde foi?

— Sei não, dotor.

— Ligue para o celular dele e passe para a minha sala.

Assim que se sentou, o telefone tocou.

— Onde você está?

— Em Montelusa, doutor. Estou fazendo aquelas pesquisas que vossenhoria pediu.

— Enquanto isso, faça mais outra.

— Diga.

— Quero saber como são pagos os operários dos seis canteiros de obras.

— Explique melhor.

— Como chega o pagamento? Crédito bancário? Cheques? Dinheiro vivo? De uma já sei, mas consiga a mesma informação sobre as seis. A gente se vê amanhã de manhã.

Assim que desligou, o direto tocou. Era Gambardella.

— Posso passar por volta das nove?

— Estarei à espera.

Entrou Catarella.

— Peço compressão e perdão, mas eu me distraí e esqueci uma coisinha.

— Esqueceu o quê?

— Que in loco estaria aqui o contador Nicotra, o pai do cadáver matado, que quer falar com vossenhoria em pessoa pessoalmente.

— Está bem.

O contador 'Gnazio Nicotra, desde a primeira ida ao comissariado, tinha mais que mudado. Com a dor pela morte do filho, tinha ficado encurvado e andava meio trôpego, como se estivesse bêbado.

Montalbano sentiu uma enorme pena dele. Levantou-se, foi ao seu encontro e lhe ofereceu a cadeira.

— No que eu puder ser útil...

— Não tenho nada de especial para pedir. Vim aqui para... Desculpe, só quero falar com alguém, não tenho ninguém para desabafar.

— Estou ouvindo.

— Não consigo ficar em paz, pensando que justamente Pennisi primeiro o traiu e depois o matou.

Justamente Pennisi? O que significavam aquelas palavras? Mas preferiu não fazer perguntas.

— Pennisi — prosseguiu o velho — tinha sido namorado de Inge, que tinha sido trazida por ele, mas depois o deixou porque ele era um degenerado, estava sempre na miséria por ser viciado em jogos de azar e putanheiro. E foi assim que Inge, depois de se casar com meu filho, no dia em que recebeu um telefonema de Pennisi, suplicando ajuda, falou com Giugiù, e ele, sem perda de tempo, pegou Pennisi para trabalhar na obra da empresa onde ele era contador.

— A Rosaspina?

— Não, antes. Na época Giugiù estava em Sicudiana com a Belgiorno de Rosales e depois, quando Rosales fundou a Primavera, Giugiù quis que Pennisi trabalhasse com ele e fez a mesma coisa quando a Primavera faliu e teve a Rosaspina como sucessora. Rosales tinha uma confiança enorme em Giugiù, que ele considerava quase um filho.

— Como isso?

— Rosales tinha um filho único, Stefano, que era amigo de Giugiù desde a escola primária. Não passava um dia sem que meu filho fosse à casa de Rosales. Depois, com dez anos de idade, Stefano foi atropelado por um carro e morreu. Rosales, a partir desse momento, teve um cuidado especial por Giugiù. Agora o pobre do Rosales está como está.

— Não sei nada desse Rosales, é a primeira vez que ouço esse nome. O que ele tem?

— Emilio Rosales foi um grande empresário, e a atividade dele sempre se desenvolveu entre Sicudiana e Trápani.

Na única vez em que a Primavera ganhou uma concorrência por estas bandas, a coisa correu mal. Ele precisou fechar e interromper os trabalhos. Foi processado e condenado, mas atualmente está doente, em prisão domiciliar em Sicudiana, e se afastou dos negócios.

Mas o velho Nicotra estava interessado em falar da ingratidão humana, de gente como Pennisi, que recompensava o bem recebido com traição e morte.

E foi assim que Montalbano voltou para Marinella uma hora depois da hora costumeira.

Chegou a Marinella quase oito e meia. Foi para a cozinha ver o que Adelina tinha deixado, mas desistiu. Não teria tempo de comer como gostava, precisaria pôr na boca uma garfada atrás da outra sem saborear. Por isso, preferiu nem abrir a geladeira e o forno.

A única coisa que podia fazer antes da chegada de Gambardella era telefonar para Livia.

Ligou.

— Como está?

— Muito melhor. Selene me mantém ocupada, não me deixa ter maus pensamentos, eu me... Escute, faz um tempão que não diz nada sobre você mesmo, o seu trabalho...

Até que enfim se interessava de novo por ele! Ele sentiu o coração cheio de contentamento. Satisfez a vontade dela imediatamente.

— Vou lhe contar uma história muito interessante. Hoje de manhã apareceu no comissariado um sujeito para confessar um homicídio que ele sem dúvida não cometeu.

— Por que fez isso? Querendo encobrir uma pessoa querida, alguém da família?

— A família não tem nada com isso, quer nos despistar para encobrir um punhado de safados.

— Mas por que se presta a isso?

— Olhe, essa pessoa é um pedreiro viciado em jogo de azar. Provavelmente prometeram lhe pagar as dívidas e dar bastante dinheiro para a mulher e os filhos dele.

— Mas vai pegar muitos anos de prisão!

— Acha mesmo? Até agora já vieram com a tese de legítima defesa. Depois, você não sabe como são as coisas entre nós? Na pior das hipóteses, no máximo em cinco anos estará livre. E nem vai mais precisar procurar emprego. É um bom investimento, não acha?

Livia não respondeu. Montalbano continuou.

— Mas, infelizmente para ele, as coisas não vão funcionar assim. Para a cadeia ele vai do mesmo jeito por ter atrapalhado as investigações. E não vai pôr nem um tostão no bolso.

— Coitadinho — disse Livia.

O comissário ficou nervoso.

— Como coitadinho! Aquilo é um…

A campainha tocou.

— Desculpe, Livia, eu estou esperando uma pessoa que chegou. Boa noite.

Foi abrir. Gambardella entrou. Como tinha voltado a chover, Montalbano o fez sentar no lugar de sempre.

— Fiquei sabendo que o promotor pediu a validação da prisão de Pennisi. Então foi mesmo uma história de cornos?

Montalbano hesitou um instante. Será que podia dizer a verdade ou não?

Decidiu que sim.

— Nada disso. É uma tentativa bem montada de despistamento que no momento é cômodo aceitar como válida. Mas me fale de si.

— Entrei em contato direto com Asciolla.

— Encontraram-se?

— Sim.

— Onde?

— Num lugar mais que seguro. Uma pedreira abandonada perto de Montelusa.

— Tem certeza de que não foram vistos?

— Certeza absoluta.

— O senhor, desculpe, está achando as coisas um pouco fáceis demais. E não cumpriu a promessa, aquilo que combinamos. Eu recomendei que me avisasse com antecedência...

— Eu sei. Mas, acredite, não foi pouco caso. É que não tive tempo.

— Está brincando com fogo, percebe?

— Mas comissário...

— Depois desse segundo desabamento, a Albachiara se vê de novo exposta a todas as críticas. Está atravessando um momento difícil. E vai se defender com todos os meios, inclusive o homicídio. Está claro? Já deu uma amostra com Piscopo.

— Dou minha palavra que isso não vai acontecer mais, que da próxima vez eu o aviso a tempo.

— Agora conte.

— Asciolla me contou os motivos da demissão. O desentendimento que ele teve, quando era mestre de obras, com o responsável pela obra, o engenheiro Riggio, girava substancialmente em torno de dois pontos. O primeiro era a qualidade do material usado, bem inferior ao estabelecido no contrato de empreitada. O segundo era que a realização diferia consideravelmente do projeto aprovado.

— Em que sentido?

— Asciolla deu diversos exemplos. Mas eu entendi pouco. Disse que as vigas de concreto eram simplesmente postas em cima das paredes, e não enganchadas nelas, com grande risco de instabilidade. Asciolla previa que não custaria muito para os defeitos serem revelados, e temia que a responsabilidade caísse toda nos ombros dele. Por isso, como não tinha conseguido nada num primeiro encontro, pediu outro. O engenheiro o recebeu no escritório, sem testemunhas. E aí ocorreu a briga que provocou a demissão.

Montalbano fez uma careta.

— O que foi?

— É que Asciolla não tem nada nas mãos para provar o que está dizendo.

Gambardella sorriu.

— Asciolla é um homem esperto.

— Como?

— Durante o segundo encontro levou um gravador no bolso. E gravou tudo.

Montalbano deu um pulo na poltrona.

— É mesmo?!

— É.

— Estava com ele?

— Não. Mas está disposto a me deixar ouvir no próximo encontro.

— Gostaria de estar presente.

— Acho que Asciolla não vai concordar.

— Tente.

— Vou tentar convencê-lo.

— E, quando tiver a gravação, o que pretende fazer?

— Levar a um cartório e fazer uma transcrição oficial.

— E depois?

— Depois publico.

— Por que não a entrega a um promotor?

— Porque estragaria o furo.

— Quero sua palavra de honra que, antes de publicar, vai falar comigo.

— Tudo bem. Dou minha palavra de honra.

— E agora gostaria que o senhor me desse uma informação.

— Diga.

— Já ouviu falar de um sujeito chamado Emilio Rosales?

— Claro. Rosales, a meu ver, é um dos mais inteligentes, imaginativos e, eu diria, geniais safados sem escrúpulos que já atuaram nesta nossa ilha.

Dezesseis

Montalbano olhou para ele, admirado.

— Está falando sério? Não consigo entender como eu nunca ouvi falar dele.

— Porque ele sempre conseguiu ficar na sombra. Porque sempre arranjou uma brecha para se safar. Ele é, ou melhor, era de uma habilidade diabólica. Tem amizades políticas muito poderosas. Frequenta a alta sociedade, foi presidente de times de futebol, de clubes esportivos e fechados... Não esqueça que só veio a público na ocasião do processo contra a Primavera, da qual ele era presidente... E quem cuidou dessa história foram os carabineiros. E o processo transcorreu em Trápani. Portanto...

— Fui informado de que ele está muito doente e ainda em prisão domiciliar em Sicudiana.

— Informação errada. Já não está submetido a nenhuma restrição.

— Então pode se deslocar livremente?

— Não, abandonou os negócios e por causa da doença não pode sair de casa. Consta que há meses não quer ver ninguém e não recebe visitas.

Sabe-se lá por quê, o tal sujeito espicaçava a curiosidade de Montalbano.

— Fale mais dele.

— Poderia falar dele durante horas.

— Faça um resumo, diga só as coisas que, a seu ver, são essenciais.

— Rosales era filho de um pescador de Trápani que, com muito sacrifício, conseguiu formá-lo em direito. Rapagão bonito, engravidou uma colega de universidade, também de Trápani, única herdeira da rica família Bordinaro. Casamento reparador que proporciona a Rosales um dote substancial. Mas, tanto por levar uma vida de luxo, quanto por um erro de especulação, ele acaba se vendo quase sem mais nada. Então funda uma sociedade financeira, a Bella Stagione, que promete negócios de ouro e trapaceia algumas centenas de crédulos. Processado, é absolvido. O condenado é o sócio, sobre quem ele faz, habilmente, cair toda a responsabilidade. Constitui uma sociedade popular, a XXI Marzo, para a exploração de uma mina de ouro fantasma na África do Sul, que se revela outra colossal trapaça. E termina de um modo inacreditável: entra no tribunal como réu e sai como parte lesada.

— Genial.

— Eu não disse? Depois, pelo que consta, ele se transforma, digamos assim, na cara limpa do chefão local, Aguglia, e se dedica à construção civil. Os melhores contratos são obtidos pelas suas empresas, e, mesmo sendo muitas vezes acusado de corrupção, fraude em licitação e coisas do gênero, sempre se safa. Mas uns anos atrás cometeu um erro.

— Qual?

— Para estender seu campo de ação, ele ousou avançar para os nossos lados e invadiu um território tradicionalmente pertencente aos Cuffaro e aos Sinagra.

— Ganhando a concorrência para a adutora?

— Entendeu perfeitamente. E a falência da Primavera, com a prisão de Rosales e de outros, nada mais foi que resultado da guerra que os Sinagra e os Cuffaro moveram contra ele.

Depois de comer na cozinha, sentiu necessidade de ar fresco.

Foi para a varanda. Chovia, mas bem de leve. Apesar disso, o banco estava molhado. Então levou para fora uma cadeira e se arranjou com uísque e cigarros. Não acendeu a luz, bastava a claridade que chegava da sala de jantar.

A ressaca não só não perturbava seus pensamentos, como lhes dava vida e acalento.

Pensou na empresa falida de Rosales que se chamava Primavera.

Que puxou a lembrança da *Primavera* de Botticelli.

E depois puxou uma velhíssima canção, que dizia: "É primavera, acordem meninas…"

Primavera, rosas.

Rosebud.

O que é esse Rosebud?

Ah, sim, aquele belíssimo filme de Orson Welles, como se chamava?… Vai saber, aquele em que o bilionário diz "rosebud" quando está morrendo e nunca ninguém vai entender que ele queria o trenó com que brincava quando era pequeno e que tinha esse nome…

Que estranho apego às vezes se tem por certos nomes… as pessoas sempre carregam certos nomes…

Por exemplo, Rosales, a Bella Stagione, a XXI Marzo, a Primavera…

Um momento, Montalbà, um momento.

Mas Rosaspina, Albachiara e Soledoro também não eram nomes que teriam agradado Rosales?

Claro que eram.

Que pensamento cretino.

Mas se, com a obra da Primavera, Rosales tinha tentado desafiar os Cuffaro e os Sinagra e perdido tudo, não era imaginável que esses três canteiros de obras fossem coisa dele.

No entanto, esses três nomes...

Rosaspina... Albachiara... Soledoro...

Não adiantava nada ficar queimando os miolos.

Por enquanto, a única opção era esperar os resultados daquilo que Fazio estava investigando.

Foi se deitar, mas dormiu mal.

Às sete, estava tomando uma canecona de café quando o telefone tocou.

— É o doutor Montalbano? — perguntou uma voz que de início ele não reconheceu.

— Sim. Quem...

— Peguei seu número no comissariado. Desculpe incomodar em casa. É Jacono.

O promotor? Que queria àquela hora?

— Diga.

— Recebi um comunicado da cadeia, dizendo que agora pela manhã houve uma briga nos chuveiros... Pennisi se envolveu e... enfim, foi morto com três facadas.

O golpe foi violento e tão inesperado que o comissário perdeu o fôlego.

— Eu estou indo lá, ver o que aconteceu, mas quis comunicar-lhe logo. Vou mantê-lo informado.

— Ob... obrigado — balbuciou Montalbano.

No entanto, por essa ele deveria ter esperado.

Decerto a briguinha nos chuveiros não tinha sido casual, mas ordenada de fora só com a finalidade de matar Pennisi.

Com a morte dele, seria impossível contestar as mentiras que ele tinha contado.

E a ficção teatral, com o selo definitivo da morte, ganharia aparência de verdade.

Tinham marcado um gigantesco gol. Agora ia ser difícil recuperar a desvantagem.

Mas não desanimou, muito pelo contrário.

Sentia que no íntimo crescia uma raiva que ele antes não tinha, uma raiva surda, dura, pesada, que ele precisaria manter sob controle para não fazer bobagem, mas que rugia dentro dele como um motor acelerado ao máximo, que o freio mal consegue segurar.

Estava tomando os últimos dois goles de café que restavam na caneca quando tocaram a campainha.

Quem podia ser?

Foi abrir, curioso, e se viu diante de Gambardella.

Um Gambardella que, evidentemente, tinha se vestido às pressas, com metade da camisa por fora das calças, sem gravata, despenteado e com o olhar amedrontado.

Entrou sem cumprimentar nem pedir licença, e foi desabar na poltrona.

— O que aconteceu?

— Faz meia hora recebi um telefonema de Asciolla. Pela voz, estava aterrorizado. Foi embora de Vigàta com a família e não quis dizer de onde telefonava.

— Tente se acalmar e contar por ordem.

— Um pouco de água.

Montalbano trouxe água.

— Disse em resumo que está largando mão de tudo e que destruiu a gravação.

— Mas por quê?!

— Bom, pelo que entendi, ontem à noite, logo depois de jantar, a filha de Asciolla, Anita, saiu para ir à casa de uma amiga fazer as tarefas da escola. A casa da colega dista dez minutos a pé. Depois de meia hora essa amiga telefonou, perguntando por que Anita ainda não tinha chegado. Asciolla mal tinha posto o fone no gancho quando recebeu outra ligação. Uma voz de homem disse que Anita estava com eles, que iam se divertir um pouquinho com ela e depois mandá-la de volta para casa. Se ele avisasse a polícia, ela seria morta. E concluiu dizendo que era melhor para todos se Asciolla mudasse de ares assim que a filha voltasse. Depois de duas horas Anita apareceu, transtornada. Não tinham feito nada a ela, por sorte. Ela tinha sido sequestrada por dois homens e ficou amarrada e vendada dentro de uma caminhonete. Asciolla seguiu o conselho, fez as malas e fugiu.

— Evidentemente viram vocês dois quando se encontraram na pedreira e reagiram logo. Eu avisei.

Gambardella abriu os braços, resignado.

O comissário enfiou mais o ferro na ferida.

— E agora há pouco me telefonaram para dizer que Pennisi foi morto na prisão.

Gambardella arregalou os olhos.

— De um modo ou de outro limparam a área, calaram a boca de todos — disse.

Agora o sangue de Montalbano fervia tanto de raiva que ele o sentia latejar nas têmporas.

— Com licença.

Foi ao banheiro, abriu a torneira, pôs a cabeça debaixo da água fria. Depois se enxugou e voltou para Gambardella.

— Bobagem ficar perdendo tempo aqui — disse, muito seco. — Preciso ir trabalhar.

Gambardella se levantou e foi atrás dele. Lá fora, cada um pegou seu carro. Gambardella partiu em disparada, mas o motor do carro do comissário ligou e desligou logo depois. Ligou de novo e desligou de novo. Não tinha uma gota de gasolina. Ainda bem que ele levava um tamborzinho no porta-malas.

Abriu a porta do carro, desceu, e nesse exato momento as nuvens se abriram e descarregaram um tremendo aguaceiro. Num piscar de olhos, ele ficou encharcado.

Quando acabou de pôr gasolina no tanque, percebeu que precisava trocar de roupa. Tinha xingado feito louco durante toda a operação. Entrou em casa, correu para a cozinha, agarrou um prato e o atirou contra a parede, despedaçando-o. Depois pegou outro e mais outro.

Finalmente se sentiu um pouquinho mais calmo.

Trocou de roupa e partiu.

Fazio já estava sabendo do assassinato de Pennisi.

— Doutor, fodeu.

— E ele não sabe que Asciolla deu no pé — pensou Montalbano.

Mas disse:

— Não acredito. Mas tudo está naquilo que você vai me contar.

— Por onde quer que eu comece?

— Se entre os maiorais das seis empresas há pessoas que têm ligações, de um jeito ou de outro, com os Cuffaro ou com os Sinagra.

— Aí a resposta é fácil. Mas preciso olhar o papel.

— Pois olhe.

Fazio tirou o papel do bolso e o consultou.

— É uma história estranha e complicada. Por exemplo, a Rosaspina. No conselho de administração está o doutor Filipepi, que é médico dos Cuffaro.

— Disso sabíamos.

— Sim. Mas descobri que o advogado Barbera defendeu os Sinagra em duas causas.

— Mas o que é que você está dizendo? Os Sinagra e os Cuffaro juntos na mesma empresa?

— Exatamente. E a coisa se repete na Albachiara e na Soledoro.

— Nos conselhos de administração sempre existe alguém que de algum modo é amigo dos Cuffaro e alguém que é dos Sinagra?

— Exato.

— E nas outras três empresas, o que acontece?

— Nos conselhos da Lo Schiavo, da Spampinato e da Farullo não há nenhum representante dos Cuffaro nem dos Sinagra. Mas um nome me chamou a atenção. O do contador Fasolo, da Spampinato.

— Por quê?

— Eu tinha ouvido esse nome e não me lembrava onde. Depois lembrei.

— Onde?

— O contador Fasolo fazia parte do conselho da falida Primavera, e no processo foi absolvido porque o presidente da empresa, Rosales, o inocentou. E agora queria abrir um parêntese e falar desse Rosales…

Mas que grande tira era esse Fazio!

— Fale depois. Eu tinha perguntado mais uma coisa.

— Tinha perguntado se Nicotra, quando trabalhava na Primavera, tinha ajudantes e onde eles foram parar. Certo?

— Sim.

— Vossenhoria parece que adivinha. Nicotra tinha dois auxiliares, Foderaro e Giuffrida. Os dois estão trabalhando; Foderaro na Lo Schiavo e Giuffrida na Farullo. E foram promovidos a contadores gerais.

— E você sabe de onde vêm os contadores da Albachiara e da Soledoro?

Fazio olhou para ele admirado.

Que grande tira era o chefe dele!

— Sei. Vêm...

— Não diga. Vou tentar adivinhar. Vêm da Primavera.

— Errou por pouco. Vêm da XXI Marzo que foi uma empresa de...

— Rosales.

Fazio se indignou.

— Mas vossenhoria está gozando da minha cara!

— Por quê?

— Se já sabe de Rosales!

— Garanto que ainda não sabia nada sobre ele até ontem à noite.

Fez uma pausa.

Levantou-se, foi até a janela e a abriu. Acendeu um cigarro, deu três tragadas, jogou fora o cigarro, fechou a janela, voltou a se sentar.

— Você percebe o que descobrimos?

— Alguma ideia estou começando a ter, mas vai ser melhor se vossenhoria disser.

— Você confirmou aquilo que eu desconfiava.

— O quê?

— Que essas seis empresas representam um acordo entre a máfia de Vigàta e a de Trápani. E que, para uma controlar a outra, cada uma delas põe dentro de cada conselho de administração seus respectivos representantes. Controle cruzado.

— Não bate.

— Por quê?

— Porque, só pra dar um exemplo, no conselho da Rosaspina não existe nenhum representante de Rosales.

— Mas existia Nicotra como contador geral. E preste bem atenção a uma coisa que você mesmo disse.

— Qual?

— Que todos os que mexem com o dinheiro nas seis empresas são gente de Rosales.

— O que isso significa?

— Significa que, se os outros são contadores gerais, ele, Rosales, é o contador generalíssimo.

— Então, se as coisas forem desse jeito como vossenhoria pensa, o capital das seis empresas é todo dele?

— Cê tá brincando! Acha que os Cuffaro e os Sinagra ficariam sob as ordens de Rosales?

— Nunca. Mas eu pergunto: como é que, quando a Primavera de Rosales ficou com a empreitada, eles moveram uma guerra contra ele e venceram, mas agora estão unha e carne com ele?

— Evidentemente Rosales, enquanto estava na cadeia ou logo que saiu, teve uma daquelas suas ideias geniais e conversou a respeito com os inimigos. E convenceu esses inimigos a fazerem um trato com ele. Trato que funcionou até a invasão da casa de Nicotra. A invasão, a morte de Nicotra, o sequestro de Inge e do suposto tio romperam esse equilíbrio. E Rosales deu ordens aos seus cupinchas políticos para interditarem tudo até que as coisas se arrumem de novo.

— Mas não sabemos quem deu a ordem de invadir e por quê. Escuridão total.

— É.

— E o trato que descobrimos não serve pra nada fora daqui porque nada está provado.

— É.

O telefone tocou.

— Dotor, acontece que na linha está o pepê Giacono que quer falar com…

— Pode passar — disse Montalbano, ligando o viva-voz.

— Aqui é Jacono. Liguei para informar que um dos presos que participou da briga de hoje de manhã abriu o bico. Foi provocada por um tal Renato Pusateri, que depois assassinou Pennisi.

— Sabe por que Pusateri está em cana?

— Extorsão e tentativa de homicídio.

Agradeceu o promotor e desligou.

— Por que fez uma careta quando ouviu o nome de Pusateri?

— Porque sei quem é.

— E quem é?

— Pau-mandado dos Sinagra.

— E assim tudo se encaixa. Como queríamos demonstrar. Os Cuffaro encontram o bode expiatório e os Sinagra matam.

— E agora, como agimos?

— Na minha opinião, no dia de hoje mesmo deve acontecer alguma coisa. Que seria a confirmação fundamental do que penso.

— Ó mãe do céu! Outro assassinato?

— Não, ao contrário. Será uma boa notícia. Vamos fazer uma aposta?

— Não, com vossenhoria não aposto.

— Vou dizer assim mesmo. Antes de anoitecer vai chegar a notícia de que o governo da região suspendeu a interdição das obras.

— E o que isso quer dizer?

— Quer dizer que reencontraram o equilíbrio e que, com a morte de Pennisi, não têm mais nada que temer.

— Mas ainda há Inge que...

— Inge e o tio eles já mataram faz tempo, tenho certeza. Perigoso demais deixar os dois vivos. Porque viram e ouviram muitas coisas. E, seja como for, com relação a Inge eles tomaram suas precauções, levando a gente a acreditar que ela está na Alemanha.

— Tudo bem, concordo, mas explique que benefício traz para a investigação a retomada dos trabalhos nas obras.

— Diretamente nenhum, indiretamente sim. Vou explicar. Você também sabe que há meses Rosales está doente, em casa, sem receber ninguém?

— Sei, sim.

— Mas para nós está claro que Rosales continuou fazendo suas negociatas do mesmo jeito. Certo?

— Certo.

— Sabemos, em conclusão, que não teve contato com outras pessoas. Está me acompanhando?

— Estou.

— Então como é que ele se comunica com as seis empresas?

— Por telefone.

— Gênio.

— Quer mandar interceptar o telefone?

— Supergênio.

Fazio fez a costumeira careta negativa.

— Não está de acordo?

— Estou.

— E então?

— Mas nenhum promotor vai dar autorização.

— E quem foi que falou em pedir autorização?

Fazio arregalou os olhos.

— Está brincando?

— Não.

— Doutor, está querendo acabar em cana?

Augello entrou, mas, vendo que Fazio e o comissário estavam muito ocupados conversando, ficou sentado sem abrir a boca.

— Se vossenhoria puser na cabeça de interceptar os telefonemas de Rosales…

— Cacete dum cacete! — gritou de repente Augello, ficando em pé num pulo.

Dezessete

— Que foi que te deu? — perguntou Montalbano, espantado.

Fazio, enquanto isso, olhava estupefato.

Mas Augello não respondeu. Estampado na cara, tinha um sorriso que ia do abobalhado ao beato.

Nesse momento, lá fora se desencadeou o temporal, com relâmpagos contínuos. E, no meio daquela ribombância, Mimì ainda começou a dançar pela sala, parecendo um desatinado, murmurando:

— Me livrei! Me livrei! Louco, estava ficando louco!

Montalbano se levantou num pulo, agarrou Augello pelos ombros e o obrigou a sentar.

— Se livrou do quê?

— Da obsessão de não me lembrar do nome do homem da tatuagem. É Rosales!

Fazio soltou uma espécie de exclamação que não se entendeu.

— Tem certeza? — disse o comissário em voz alta, agarrando com as duas mãos a lapela do paletó de Augello e quase o sacudindo. — Tem certeza mesmo, hem?

— Mais que certeza! E tira essas mãos de cima de mim!

— Desculpe — disse o comissário, largando-o e voltando a se sentar à escrivaninha.

Depois perguntou:

— Lembra onde o viu?

Augello respondeu, decidido:

— No Clube de Vela de Fiacca. Era verão, e ele tinha acabado de sair da água. A garota que estava comigo fez as apresentações. Rosales era vice-presidente do clube.

Aí se deu um relâmpago mais forte que os outros, pondo dentro da sala meio escura uma luz forte como a do sol.

Mas Fazio e Augello não viram essa luz, porque o relâmpago aconteceu só dentro do cérebro do comissário.

— Graças a você, Mimì — disse ele depois de um tempinho —, a investigação agora pode entrar pelo caminho certo. Finalmente sabemos que o homem que Inge dizia ser tio dela na verdade era Rosales. E essa descoberta confirma em parte o que eu tinha começado a pensar e em parte traz uma nova luz. E, quando Pennisi veio dizer que tinha ouvido o tio falar em alemão, contou outra mentira. O único que disse a verdade sobre Rosales foi aquele pobre coitado do Pitrineddru.

— Mas por que estava sempre de luvas? — perguntou Augello. — Eu não me conformo com isso.

— Porque, quando foi preso por causa das falcatruas da Primavera, tiraram as impressões digitais dele, como é de praxe. Por isso, se acautelava usando luvas. Na casa de Nicotra, não podia aparecer para estranhos. E também devia agir de um modo que desse a impressão de que nunca tinha estado lá.

— Mas, pelo que sei, Rosales estava em prisão domiciliar. E isso significa controle diário. Então, como conseguiu se mudar para a casa de Nicotra? — perguntou Fazio.

— Não está em prisão domiciliar faz tempo. Gambardella me explicou que esteve só até uns seis meses atrás. Por isso, assim que se livrou da vigilância e voltou a ser cidadão livre, ele se mudou para a casa de Nicotra, mas sempre às escondidas e fingindo estar de cama, muito doente, na sua casa de Sicudiana.

— Mas por quê? — disse Augello.

— Aí entramos no campo das hipóteses. E vou dizer qual é a minha. Trata-se de convicção, não de certeza. Está claro?

— Está — disseram os dois.

— Fazio, por favor, escreva tudo. Vai servir para quando eu for falar com o Jacono. Então, ouçam. A origem de toda essa história tem de ser buscada no momento em que a Primavera de Rosales vence a concorrência para a construção da adutora.

— Que, no entanto, é uma espécie de declaração de guerra às famílias mafiosas daqui — observou Fazio.

— E de fato é de se perguntar como ele conseguiu vencer essa concorrência num território controlado até na venda de chicória pelas famílias Cuffaro e Sinagra. A resposta é uma só: sem dúvida por ter amizades políticas muito importantes no governo da região.

— A começar pela Secretaria de Obras Públicas — disse Fazio —, que, ao que me parece, está sempre às ordens.

Montalbano voltou a falar:

— Mas os Cuffaro e os Sinagra não podem tolerar essa perda de dinheiro e, principalmente, de prestígio, e tanto fazem e dizem que a Primavera vira ré num processo e é obrigada a fechar. No julgamento, Rosales é condenado pela primeira vez na vida, mesmo que a uma pena leve. Até aqui está claro?

— Claríssimo — responderam os dois em coro.

— Mas a prisão é boa conselheira. E lá dentro da cela...

— Não, doutor, ele ficava na enfermaria por causa da doença do coração — esclareceu Fazio.

— Digamos que na prisão Rosales reflete sobre o que lhe aconteceu e, inteligente como é, percebe que, em vez de continuar fazendo guerra aos Cuffaro e aos Sinagra, a melhor coisa é eles se tornarem seus aliados. Mas como fazer isso? Pensa e repensa, e tem uma ideia genial. E, assim que volta para Sicudiana, em prisão domiciliar, acha um jeito de entrar em contato com os inimigos e lhes apresenta o seu projeto. Projeto esse tão engenhoso que os Cuffaro e os Sinagra não só se encontram pela primeira vez para conversarem sem troca de tiros, como no fim aceitam.

— Então diga a nós também! — disse Augello ansioso.

— A ideia brilhante de Rosales tem três pontos fortes. O primeiro é criar seis empresas que fingem concorrer entre si, mas na realidade não concorrem, porque, sendo secretamente consorciadas, vencem todas as licitações para obras públicas em Montelusa, Trápani e províncias, tirando das outras empresas a possibilidade de participar das concorrências.

— Um momento — interrompeu Augello. — Não me parece uma coisa tão conveniente para os Sinagra e os...

— Mais um pouquinho de paciência, Mimì. Passo ao segundo ponto forte. A falta de concorrência efetiva permite automaticamente que as seis empresas tenham muita influência nas regras das várias licitações. Não só isso, como também Rosales pode garantir que os fiscais da região façam inspeções superficiais, de modo que as seis firmas podem usar material pior que o estabelecido em contrato. Veja o caso da Albachiara e do conjunto escolar que está caindo aos pedaços poucos meses depois da inauguração. Até aqui estão convencidos?

— Razoavelmente — disse Augello. — Mas, seja como for, tenho a impressão de que os Cuffaro e os Sinagra acabam perdendo uma parcela de autonomia, mesmo ganhando mais.

— E é certo que esse raciocínio eles fizeram — admitiu o comissário. — Mas o terceiro ponto forte da proposta de Rosales desfaz qualquer dúvida. É de uma novidade absoluta e ao mesmo tempo não tem o risco das novidades. Vocês lembram o que era Fort Knox?

— Não era o local blindado onde ficava toda a reserva de ouro dos Estados Unidos? — disse Fazio.

— Exatamente — continuou Montalbano. — Como todos sabem, o problema do dinheiro ganho ilegalmente é a lavagem. É preciso transformar o dinheiro sujo em limpo. Alguns levam esse dinheiro para o exterior, correndo grandes riscos, outros dividem em parcelas pequenas e deixam por conta de agiotas, que emprestam dinheiro em frente aos cassinos e assim por diante. Rosales, ao contrário, propôs guardar o dinheiro de todos in loco, como diria Catarella, o que evitaria todos os perigos do transporte, e lavar esse dinheiro também in loco, na forma de pagamento aos operários das obras. E essa acaba sendo a ideia determinante.

— De fato... — disse Fazio, pensativo. — Estou sabendo que os operários são pagos em dinheiro vivo.

— E eu também — disse Montalbano.

E continuou:

— Rosales, como idealizador de toda a coisa, pleiteia e consegue a quota de duas sociedades e meia, quer dizer, a Albachiara e a Soledoro por inteiro, e metade da Rosaspina.

A outra metade passa em partes iguais para os Cuffaro e os Sinagra, que, além disso, têm três sociedades, ou seja, a Spampinato, a Lo Schiavo e a Farullo. Está tudo claro para vocês?

— Claríssimo — disse Fazio.

— Vamos em frente. Aprovado o trato, os Cuffaro e os Sinagra mandam homens de absoluta confiança construir o subterrâneo com o cofre na garagem da casa de Nicotra, que é o homem de confiança de Rosales. Nesse cofre vai acabar todo o dinheiro líquido que as três gangues precisam lavar. Agora vocês devem considerar que, pelo menos um dia por semana, esse cofre precisa ser aberto para a retirada do dinheiro do pagamento das seis empresas.

— E você tem alguma ideia de quem podia ser o tesoureiro? — perguntou nesse ponto Mimì Augello, interessado.

— Claro — respondeu Montalbano. — Era exatamente essa a incumbência de Rosales, e por essa razão ele se mudou para a casa de Nicotra. E, para evitar surpresas, levou consigo, além das luvas e do remédio para o coração, dois baitas revólveres, um para ele e outro para o dono de casa. Todos os contadores das seis empresas são homens de Rosales que sabem como agir. Os negócios corriam magnificamente até acontecer uma coisa que mandou pro brejo todo o equilíbrio do sistema.

— Você se refere à invasão da casa?

— Exato.

— E quem foi, na opinião de vossenhoria?

— Uma pista quem me sugeriu foi Nicotra.

— Como assim? — perguntou Augello, espantado.

— Indo morrer exatamente dentro da galeria da Rosaspina. Estava dando o seguinte recado: fique de olho, o motivo deve ser procurado aqui. E, de fato, a Rosaspina é a única empresa em cujo conselho de administração não há representantes de Rosales, com exceção do próprio Nicotra, que era contador geral. Estou mais que convencido de que os ladrões do dinheiro e sequestradores de Rosales só podem ter sido os Cuffaro ou então os Sinagra, e daí não se escapa.

— Mas por quê? — perguntou Augello.

— A meu ver, por alguma briga na divisão do lucro da Rosaspina. Não existe outra explicação. Juntar os Cuffaro e os Sinagra é como juntar o diabo e a água benta. Qualquer cagadinha, por menor que seja, pode ter bastado para provocar a quizila. Durante o sequestro, que tinha de acontecer na surdina, escondidinho de todo mundo, sem derramamento de sangue, que servia só pra criar uma posição de força, salta um morto. E isso põe em perigo toda a operação. Como primeira providência, os políticos da região, que têm interesses nos negócios, pelo sim e pelo não interditam os seis canteiros. Os Cuffaro, ou os Sinagra, são então obrigados a soltar Rosales, que volta para casa em Sicudiana, e também a devolver o dinheiro e a remendar o homicídio. Disso eles incumbem o Pennisi. Assim o incidente é encerrado, e o trabalho pode ser retomado.

— E Inge? — perguntou Augello.

— Inge, como eu já disse a Fazio, teve de, obrigatoriamente, ser eliminada. Não se pode deixar viva uma pessoa que sabe de tudo e que com meia palavra pode mandar pra cucuia toda a operação.

Levantou-se, foi beber um pouquinho de água e voltou para a cadeira.

Lá fora, o temporal estava indo embora.

— Fique com as anotações — disse Fazio, entregando o papel.

Montalbano o pôs no bolso.

— Como pensa agir? — perguntou Augello.

— Agora vou telefonar para Jacono e ver se ele me recebe à tarde.

Mimì torceu o nariz.

— Acho que não vai conseguir.

— Acha que não?

— Essa é uma bela história de romance de máfia. Você não tem prova nenhuma nas mãos.

— É verdade. Mas prova a gente precisa ir buscar.

— E como?

— Se Rosales voltou para Secudiana, como estou convencido, o que está fazendo para ter contato com os outros? Quero autorização para interceptação telefônica e ambiental.

— Boa sorte — disse Augello, levantando-se e saindo.

Fazio estava pensativo.

— Diga o que está passando pela sua cabeça.

— Doutor, eu estava aqui pensando que em Sicudiana existe um posto de carabineiros e que o cabo Giammarco é amigo meu. Quero telefonar pra ele.

— Para saber o quê?

— Decerto estão vigiando Rosales. Certo?

— Certo.

— Então quero saber se aconteceu alguma coisa referente a Rosales nos últimos dias.

— Está bem, tente, enquanto eu telefono para Jacono.

O promotor marcou com ele para as três. Fazio reapareceu depois de quinze minutos.

— Giammarco disse que faz uma semana, mais ou menos, não se lembra bem quando, o médico que trata de Rosales foi chamado à noite com urgência, e que não saiu da cabeceira dele durante três dias.

— A coisa se encaixa — disse Montalbano. — Deve ter se sentido mal por causa do sequestro e, assim que voltou para casa, precisou ser atendido com urgência. Com o coração que tem agora...

Quando saiu para ir comer, chovia de leve. Entrou no restaurante, sentou-se no lugar de sempre, a tevê estava ligada. Enzo, sabendo que incomodava o comissário, desligou.

— Disseram alguma novidade? — perguntou Montalbano.

— No noticiário disseram que a região liberou os seis canteiros de obras, por isso os trabalhos podem recomeçar. Me livro da preocupação com o meu cunhado.

Como queríamos demonstrar.

Aquela era a última confirmação de sua hipótese.

Começou a sentir uma fome alentada, encheria a barriga a mais não poder, mas se conteve pensando que não ia poder dar o passeio digestivo até o farol e que precisava se encontrar com Jacono.

Seria um encontro difícil.

Não era melhor ir reforçado?

Não, o caminho da sabedoria é sempre o do meio.

— Trago o antepasto?

— Não. Você tem espaguete com molho de sépia?

— Tenho sim.

— Traga um prato bem grande.

— E de segundo prato, tenho olhete à moda de 'Sposito.

— E quem é esse 'Sposito?

— O cozinheiro napolitano que me ensinou esse molhinho.

— E como é?

— De cara parece doce, mas bem lá no fundo é azedo. Um molhinho que pode ser chamado de enganador.

— Tá bom.

Talvez por efeito do molhinho, ele saiu do restaurante pronto pra briga.

Como tinha tempo, em vez de se dirigir diretamente para Montelusa, desviou pelo distrito de Riguccio.

No canteiro de obras da Albachiara ainda não havia ninguém, os trabalhos recomeçariam no dia seguinte. À frente de Montalbano, um mar de lama, no qual até a paisagem se afogava.

Mas a pirâmide de lama, por causa dos temporais, tinha perdido o vértice.

Era uma pirâmide decapitada. Um zigurate.

Entendeu como de bom augúrio.

Ficou um tempinho parado, dentro do carro, relendo as anotações feitas por Fazio, e depois partiu.

Jacono ficou ouvindo com muita atenção durante mais de uma hora sem interromper nunca.

E não abriu a boca nem depois que o comissário acabou de falar.

Montalbano, que estava impaciente, instigou:

— Não me diz nada?

— Desculpe, estava pensando.

Depois de um pouco suspirou, balançou a cabeça.

Foi Montalbano que falou de novo:

— Diga sinceramente se...

— Montalbano, tudo o que me contou é coerente, não está de modo algum montado no ar, tem lógica, mas, entenda...

— O que eu deveria entender?

— Tantas coisas.

— Diga uma.

— Bom, só para dar o primeiro exemplo que me passa pela cabeça, as acusações de cumplicidade que faz contra a Secretaria da Região...

— Entendi. O costumeiro olhar de deferência para com a política.

Jacono deu um tremendo tapa na mesa e disse com voz alterada:

— Eu não tenho deferência por ninguém! E pense duas vezes antes de me dizer coisa semelhante!

Montalbano mordeu os lábios e se conteve. Aquele não era o jeito certo de lidar com Jacono.

— Desculpe — murmurou.

— Vamos nós dois nos acalmar. Eu pretendia dizer que são acusações graves que não têm a menor sustentação de provas. O senhor se dá conta disso?

— Claro.

— Então me diga como pretende proceder.

— Decapitando a pirâmide.

— Não entendi.

— Dando um jeito de o senhor poder incriminar Rosales.

— Tudo bem. Mas como?

— Seria possível dispor de interceptações telefônicas e ambientais...

— Está se referindo a Rosales?

— Sim.

— Montalbano, ponha-se no meu lugar. Preciso prestar contas e explicar a razão do que faço aos meus superiores. Como explico essas interceptações? O senhor não me traz nem indícios, entende?

— Eu teria uma testemunha que viu Rosales na casa de Nicotra. Enquanto todos acreditavam que ele estava em sua casa de Sicudiana.

— Bom, isso poderia constituir... É um testemunho sólido?

Montalbano teve um momento de incerteza. Daria para confiar em Pitrineddru? No brutamontes? Não, um bom advogado faria picadinho dele.

— Infelizmente não. Não é muito bom da cabeça.

— Então, por enquanto, é melhor não o trazer à baila. Não tem outras cartas na mão?

— Infelizmente, não.

Jacono abriu os braços.

— Não vejo como proceder dentro dos limites da lei.

— Então precisamos deixar pra lá?

Jacono olhou nos olhos de Montalbano.

— Eu não pretendia dizer isso. Só disse que eu, como promotor, não vejo como proceder dentro dos limites da lei. Mas o senhor, como comissário, talvez possa ver a questão por outro lado.

Será que ele tinha entendido direito o que o promotor estava sugerindo? Quis ter certeza.

— Talvez não...

Jacono não o deixou terminar.

— Agora há pouco o senhor disse uma palavra, pirâmide. E eu me lembrei... Sabe que durante muito tempo ninguém conseguiu entrar na pirâmide de Quéops porque não se conseguia descobrir o acesso? Aí alguém resolveu deixar de delongas e fez na parede um furo que os responsáveis pela pirâmide não tinham autorizado. Mas com esse furo também esses responsáveis, que até aquele momento tinham sido obrigados a ficar do lado de fora, conseguiram penetrar em seu interior.

Que grande filho da puta aquele Jacono! Se o senhor conseguir fazer alguma coisa que não é da norma da lei, esteja à vontade.

Despediram-se efusivamente.

Saindo do Palácio da Justiça, entrou no café mais próximo, se sentou a uma mesa e pediu um uísque.

No cérebro dele as ideias giravam desembestadas.

O que ele podia fazer em vez das interceptações para ter provas contra Rosales?

O único jeito era montar uma armadilha, uma cilada. Levá-lo a acreditar ser verdadeira uma coisa falsa.

Mas que coisa?

Não lhe ocorria nada.

Pediu outro uísque.

Entrou uma senhora elegante. Tirou uma das luvas, fez menção de colocá-la na mesa ao lado, mas a luva caiu.

Montalbano se abaixou, catou a luva e...

... e ficou assim, como se estivesse paralisado, imóvel.

— Pode me dar a luva? — disse a senhora, meio impaciente.

Montalbano deu, se levantou, foi até o caixa, pagou, pegou o celular, digitou o número de Jannaccone.

— Aqui é o Montalbano.

— Diga, doutor.

— Se eu passar daqui a uns quinze minutos, vou encontrar seu chefe?

— Não, vai me encontrar.

— Estou indo.

Dezoito

Quinze minutos depois estava na sala de Jannaccone.

— Se bem me lembro, na casa de Nicotra, dentro da lixeira, vocês encontraram dois pares de luvas de pano.

— Sim. Descobrimos.

— Detectaram impressões digitais?

— Claro. Mas estavam indecifráveis por causa das sobreposições repetidas.

— Você poderia me emprestar essas luvas por dois dias?

— Sem problema.

Voltando ao carro, olhou o relógio. Eram cinco e meia. Para maior segurança, ligou para Catarella.

— Augello e Fazio estão in loco?

— In loco estão, dotor.

— Diz pra não saírem do comissariado por motivo nenhum, até eu chegar.

No caminho para Vigàta, correu como nunca antes. Estava com vontade de fazer o que tinha na cabeça naquela mesma noite. O medo dele era que no dia seguinte, depois de uma noite de sono, a sensatez e a prudência da idade lhe desaconselhassem aquilo.

— Não me passe nenhum telefonema e mande Augello e Fazio à minha sala — disse a Catarella, entrando no comissariado.

— Já estão in loco.

De fato, estavam em pé junto à janela, batendo papo. Assim que viram o comissário, foram ao encontro dele.

— Jacono autorizou? — perguntou Mimì, esperançoso.

— Não. Sentem.

Contou a eles como tinha sido com Jacono.

— Em resumo, isso significa que vamos precisar largar a investigação? — perguntou Augello.

— Vocês sim. Eu não — disse Montalbano.

Os dois olharam para ele, espantados.

— Que quer dizer? — perguntou Augello.

— Quer dizer que tenho em mente montar uma armadilha para Rosales. Não autorizada pelo promotor, prestem atenção. Por isso, como essa ação pode pôr em risco a carreira de vocês dois, vocês ficam fora. Eu não, eu que já fiz carreira, posso me lixar. Fui claro?

— Foi — disse Augello.

— Também achei claro — disse Fazio. — Mas, se for possível, gostaria de saber em que consiste essa armadilha.

Montalbano explicou.

— Existe uma falha aí — observou Augello.

— Qual?

— Você não pode ir sozinho, ninguém vai acreditar. Onde é que nós estamos, num filme de caubói, em que o xerife sozinho prende os bandidos?

A observação era justa. Mas o comissário não queria perder tempo.

— Vou assim mesmo — disse.

Depois, para Fazio:

— Me explique onde é a casa de Rosales em Sicudiana.

Fazio explicou.

— Até logo — disse Montalbano, se levantando.

Augello e Fazio também se levantaram e foram atrás dele até o estacionamento.

— Aqui a gente se despede — disse Montalbano, depois de entrar no carro.

— Despede o caralho — disse Augello. — Você vai na frente e nós vamos atrás, cada um com seu carro.

— Vocês ficam aqui. É uma ordem! — rebateu Montalbano, alterado e saindo do carro.

— Vai dar ordem pra tua irmã — reagiu Augello.

Montalbano deu um passo na direção dele. Foi o que bastou para Fazio se abaixar e pegar as chaves que o comissário já tinha posto na ignição.

Montalbano percebeu o gesto com o rabo dos olhos. Fez as contas. Se comprasse briga, ia perder mais tempo. E tempo ele tinha pouco à disposição. Então se rendeu.

— Tá bom — disse, contrariado.

Com um sorriso de quem pede desculpas, Fazio lhe entregou as chaves.

Pararam num posto de gasolina na entrada de Sicudiana.

— Fazio, vai você agora na frente e leva a gente até a casa de Rosales. Moram pessoas da família lá?

— Um sobrinho de trinta anos que cuida dele. Mas a casa pode estar sendo vigiada por homens dele. E é capaz de a gente encontrar algum amigo dele lá.

— Nesse caso a gente manda sair.

— Mas será possível que não tem nem empregada? — perguntou Augello.

— Pode ter alguma diarista. Dá pra ver que Rosales não quer na casa gente de orelha em pé, ouvindo conversa dele com visitas ou no telefone. E agora vamos. Meninos, atenção. Estamos apostando alto. Calma e cuca fria. E falem só quando eu der a deixa.

Partiram. Dez minutos depois estavam em frente ao palacete de Rosales, que ficava na parte alta da cidade e dava para uma pracinha com uma igreja e uma escola. Nas redondezas não se via vivalma.

Ao lado da grande porta havia um interfone. Montalbano tocou. Uma voz masculina atendeu.

— Quem é?

— Polícia!

— Polícia? O que querem?

— Abra e nós dizemos.

— Um momento, estou descendo.

Depois se abriu uma espécie de janelinha minúscula, protegida por uma gradezinha de ferro, cortada numa das duas folhas da porta. Um homem estava observando. Depois disse:

— Ponham os documentos no buraco.

Que consistia num corte retangular na outra folha da porta, acima do qual havia uma plaquinha de metal onde se lia: Cartas. Os três obedeceram.

Em seguida, uma das folhas foi aberta e, assim que eles entraram no vestíbulo, foi fechada.

Diante deles estava um rapaz de trinta anos, alto e atlético. Tinha um revólver na cintura da calça.

— Desculpem por essas precauções. Mas com os tempos que correm…

— Terríveis, não se pode confiar em ninguém e não se tem respeito por ninguém — disse o comissário. — E o senhor, quem é?

— Sou o sobrinho de Rosales. Meu nome é Adolfo.

— Seu tio está em casa?

— E onde poderia estar? Faz muitos meses que não sai. E agora, mesmo que quisesse, não poderia.

— Por quê?

— Nos últimos dias as condições do coração dele pioraram consideravelmente.

— E qual foi a causa? Alguma atribulação?

O rapaz demonstrou estar pouco à vontade.

— Ah... a idade...

— Entendo. Neste momento está repousando?

— Está na poltrona, vendo tevê.

— Posso falar com ele?

— Lamento, mas não pode, isso o cansaria muito. O médico proibiu visitas.

— Tenho um mandado de busca e apreensão e um de prisão para seu tio. Aqui estão. — Montalbano pôs a mão no bolso do paletó como se fosse pegar os papéis.

O rapaz, ouvindo essas palavras, ficou pálido como um morto, parecia paralisado.

Rapidinho, Fazio deu um passo à frente e tirou o revólver da cintura dele. O rapaz pareceu nem perceber.

— Leve-me até lá — disse o comissário.

Subiram a escada que levava para o andar de cima, percorreram um corredor, entraram num quarto grande, decorado com bom gosto. Mas o ar fedia a remédio e doença.

Rosales estava sentado numa poltrona, na frente de um televisor desligado. À esquerda dele, uma mesinha com dois telefones e seis celulares. À direita, outra mesinha com uma garrafa de água, um copo e vários frascos de remédios. Tinha pegado no sono.

Adolfo tocou num dos ombros dele. Rosales abriu os olhos e olhou admirado para os três.

Dava pra perceber que estava doente mesmo. Palidez doentia, olhos fundos, barba por fazer, respiração difícil. Não abriu a boca. Foi Montalbano quem falou:

— Emilio Rosales, considere-se preso.

Na hora, Rosales não se mexeu, não teve nenhuma reação visível.

— Tá brincando? — perguntou depois de um tempinho, tentando sorrir. — E de que que eu sou acusado?

— Lavagem de dinheiro, associação com o crime organizado, fraude em licitação e há uma acusação ainda mais grave que…

— E o que que eu tenho a ver com lavagem de dinheiro ou associação com crime organizado? — interrompeu Rosales. — Eu sou um empresário da construção civil! No máximo, no máximo, posso concordar com a falsa acusação (vou repetir, falsa) de fraude em licitação, mas quanto ao resto...

— O senhor ignora que descobrimos o cofre na garagem de Nicotra — disparou Montalbano.

Rosales aparou bem o golpe. Fechou os olhos, balançou a cabeça, mas logo se recobrou.

— Eu conhecia o coitadinho do Nicotra, é verdade, mas não sei onde que ele morava.

— Advirto que está dando um passo em falso. O senhor conhecia também a mulher de Nicotra, Inge Schneider?

— Eu sabia que ele tinha uma mulher alemã, uma moça bonita, mas nunca vi.

— Segundo passo em falso. Temos uma testemunha ocular que o viu (e já declarou ao promotor) no momento em que, digamos assim, se entretinha intimamente com essa senhora no dormitório que ocupava na casa de Nicotra.

Dessa vez o golpe foi mais forte que o primeiro. Rosales teve um acesso de tosse e de falta de ar, ficou mais calmo depois que Adolfo lhe deu um pouquinho de água. Aí teve condições de rebater.

— O senhor veio me contar uma bela história de teatrinho de bonecos. Mas enquanto não me mostrar as provas...

— Seja feita a sua vontade — disse o comissário, tirando do bolso dois saquinhos de nylon, vendo-se dentro de cada um deles um par de luvas de tecido, usadas e sujas. — O senhor, durante todo o período em que permaneceu na casa de Nicotra como, digamos assim, tesoureiro e guardião do caixa dois, usou luvas como estas para não deixar impressões digitais. Mas por dentro das luvas há impressões suas, e como há! Deveria tê-las queimado, e não jogar no lixo.

Rosales ficou calado.

Montalbano ouviu sinos repicando festivos em sua cabeça. A armadilha estava funcionando à perfeição.

Pôs as luvas de novo no bolso e disse:

— Há outro elemento determinante que comprova sua presença na casa. Seu sangue no travesseiro, quando os agressores o surpreenderam na cama e lhe deram um soco no rosto para obrigá-lo a levantar-se e abrir o cofre. Desse sangue foi extraído o DNA. O senhor entende que não pode, absolutamente, negar a evidência?

Nem dessa vez Rosales respondeu. Respirava tão mal que Fazio olhou preocupado para o comissário.

— Quer chamar o médico? — perguntou Montalbano a Adolfo.

— Seria melhor.

— Chame.

Adolfo pegou um celular, falou, desligou.

— Vem logo.

— Senhor Rosales — recomeçou o comissário —, ouça-me bem, porque, diante daquilo que lhe direi agora, tudo o que o senhor me ouviu dizer até este momento lhe parecerá brincadeira.

— Brincadeira?! — disse Rosales arregalando os olhos.

— O senhor me interrompeu enquanto eu lhe apresentava o rol de acusações.

— Tem mais?

— Sim, participação na tentativa de homicídio de Saverio Piscopo e nos homicídios de Pino Pennisi e Inge Schneider.

A reação de Rosales ninguém esperava. Fazendo um esforço desesperado, ficou em pé. Tremia feito vara verde e falava com dificuldade.

— Eu... não tenho nada... com homicídios... foram os Cuffaro que... os Cuffaro que foram me sequestrar e roubar o dinheiro... achavam que eu tava de conluio com os Sinagra pra foder eles...

Caiu de volta na poltrona sem forças. Mas Montalbano não tinha nenhuma intenção de largar o osso.

— Estou certo de que já foi devolvido o dinheiro de que os Cuffaro se apoderaram por algum tempo, e que a caixa comum está de novo em condições de funcionar. Mas, como não transcorreu o tempo indispensável para construir um novo banco subterrâneo, o promotor está convencido de que o dinheiro se encontra aqui em sua casa. E expediu um mandado de busca e apreensão. Agora pergunto: e se o senhor poupasse o meu tempo, dizendo logo onde ele está?

Rosales ficou um tempinho sem responder. Depois fez sinal para Adolfo se aproximar e cochichou com muito custo alguma coisa no ouvido dele. Adolfo abriu uma gavetinha da mesa dos telefones e pegou uma chave.

— O dinheiro está num velho armário verde que fica no sótão. Levo os senhores até lá — disse Adolfo.

— Vá você — disse o comissário a Fazio.

Os dois tinham acabado de sair, o interfone tocou.

— Deve ser o médico — disse Mimì. — Vou abrir.

Então, assim que ficaram sozinhos, aconteceu uma coisa que Montalbano não tinha previsto.

Rosales abriu os olhos e sorriu para ele.

Montalbano estranhou.

Depois disse alguma coisa que o comissário não entendeu. Rosales fez um gesto com a mão para ele se aproximar.

— De homem pra homem... era tudo armação, certo?

— O quê?

— As impressões digitais... o DNA... tudo balela que me contou... é verdade que era eu o tesoureiro e guardião... digo isso ao juiz, não se preocupe... mas o senhor não tinha nenhuma prova... montou uma armadilha pra mim. Tenho razão ou não tenho? Me diga aí!

Montalbano preferiu responder indiretamente. E, de modo espontâneo, começou a falar em dialeto.

— Se o senhor sabia, por que quis cair dentro dela?

— Primeiro porque tou cansado, segundo porque o senhor tava me dando uma boa chance de me vingar daquele bando de cabeça de bagre dos Cuffaro.

Mimì e o médico entraram. O médico olhou bem preocupado para Rosales.

— Saiam, por favor.

O comissário e Augello foram para o corredor. E viram Fazio e Adolfo voltando.

— Dentro de um guarda-roupa verde, assim a olho, tem uns trinta milhões — disse Fazio.

Deu a chave a Montalbano, e ele a pôs no bolso.

— Telefone para o Catarella e diga pra ele mandar aqui o Gallo com três homens nossos. Precisamos montar guarda desse dinheiro e de Rosales.

Depois se afastou pelo corredor e ligou para Jacono.

— Doutor, desculpe incomodar, mas precisa vir logo a Sicudiana colher a confissão de Rosales. Entre outras coisas ele tem em casa uns trinta milhões para lavar.

— Mas como conseguiu? — disse Jacono, estupefato.

— Segui seu conselho. Fiz um buraco na parede da pirâmide.

Explicou como chegar à casa de Rosales e desligou.

O médico saiu, e Montalbano se aproximou dele.

— Como ele está?

— Muito mal. Ele me disse que há mandado de prisão contra ele. Por isso, é meu dever dizer que o senhor Rosales não pode ser transportado.

— Imaginava. Nem de ambulância?

— Nem de ambulância. Eu o fiz voltar para a cama e de lá ele não pode sair.

— Preciso lhe pedir um favor. Daqui a meia hora no máximo, o promotor vai chegar para interrogá-lo, assim ele não precisará sair da cama. O senhor pode ficar e assisti-lo em caso de necessidade?

— É meu dever.

Virou-se e fez menção de voltar para o quarto. Montalbano foi atrás.

— O que mais quer? — perguntou o médico, com maus modos.

Montalbano não respondeu. Esbarrando nele, entrou. Rosales estava deitado, mas com os olhos abertos.

— Só quero avisar que daqui a pouco o promotor Jacono vem colher o seu depoimento.

Rosales torceu o nariz.

— Eu sei, é um osso duro de roer. Quer que chame seu advogado? Tem esse direito. Se me der o nome e o número de telefone dele...

Rosales não pensou nem um momento.

— Deixa essa de advogado pra lá. Nesse ponto aonde eu cheguei, com advogado, sem advogado... De qualquer modo, obrigado e adeus.

— Adeus — disse Montalbano.

E saiu.

— Vou descer para fumar um cigarro — disse a Fazio e Augello.

Apoiou-se na porta para ela ficar aberta e começou a fumar. Estava aliviado, tudo tinha sido mais fácil do que imaginava. Mas tinha um pouquinho de amargo na boca. Uma pergunta o incomodava. E se Rosales não tivesse desejado cair na armadilha, como aquilo teria acabado? Olhou o relógio. Eram quase oito e meia. A coisa ia ser demorada, melhor ligar logo para Livia.

— Como está?

— Indo. Mas se você estivesse aqui...

As palavras lhe escaparam da boca sem ele poder segurar.

— Amanhã estarei aí.

Percebeu que Livia prendeu a respiração.

— Está falando sério?

— Sério. Amanhã durante o dia estarei em sua casa.

— Meu Deus, que maravilha! Você não sabe como...

— Que é isso? Está chorando?

— Estou e não me envergonho. Eu te...

Melhor mudar de assunto.

— E Selene, como vai.

— Olha, ela é tão sapeca...

Livia foi interrompida pela aproximação de uma sirena.

— Desculpe, preciso desligar. Beijo. Até amanhã.

O carro de Gallo chegou em disparada, parou a meio metro do comissário que por um momento teve medo de morrer esmagado.

— Os três desçam, entrem, subam e fiquem à disposição do doutor Augello e de Fazio. Você, Gallo, estacione direito e depois vá com os outros.

Tinha desejos de ar livre, não de ar de quartos onde reinava a doença. Quando Gallo passou perto, ele disse:

— Diga ao doutor Augello que venha aqui.

Mimì chegou correndo.

— Que foi?

— Só quero avisar que amanhã passo cedo pelo comissariado, mas não fico. Vou embora logo.

— E quando volta?

— Em uma semana.

Augello se admirou.

— Mas como? Exatamente agora?

— Exatamente agora. O que falta eu fazer?

— Mas Jacono pode precisar!

— Você está aí. Na pior das hipóteses, você me telefona em Boccadasse.

Naquele momento chegou em grande velocidade um carro do qual saíram Jacono e um homem que devia ser o escrevente. Apertaram as mãos de Montalbano e Augello.

— Acompanho vocês — disse o comissário.

Quando voltou para Marinella passava da meia-noite. O interrogatório de Rosales continuaria no dia seguinte pela manhã. Fazio e os quatro policiais tinham ficado de plantão na casa. Também pela manhã, iria lá um furgão blindado para pôr o dinheiro em segurança.

Abriu a porta-balcão. Tinha começado a chover, mas de leve.

Sentia tanta fome atrasada que o macarrão e o peixe pareciam demorar uma eternidade para esquentar.

Foi se deitar cedo e caiu num sono de pedra.

No dia seguinte se levantou às seis, fez a mala, telefonou para o comissariado de Punta Raisi, pediu que lhe reservassem um lugar no voo das onze, pegou o carro, foi para o comissariado, redigiu o pedido de licença para enviar à divisão do pessoal e o entregou a Catarella.

Depois pegou o carro de novo e foi ao supermercado, onde havia um setor para animais domésticos. Comprou um osso de mentira e um castor de pelúcia que, quando apertado, assobiava. Selene decerto ia gostar muito.

Nota

Este é um romance de pura invenção, apesar de inspirado em muitas reportagens quase diárias.

Mas faço questão de declarar que não há nenhuma referência intencional a pessoas realmente vivas, a situações já de fato verificadas, nem a instituições políticas existentes.

A. C.

Este livro foi composto na tipografia
Adobe Garamond Pro, em corpo 12/15, e
impresso em papel off-white no Sistema Cameron
da Divisão Gráfica da Distribuidora Record.